小「」禾「」必「」宓「」山「

住野夜
Yoru Sumino

王蘊潔 譯

封面・內文插圖　いつか

序章

「我有超強的能力，只要嘿喲一聲，就可以毀滅這個世界。」

「是喔。」

「喂，是喔個屁啊！難道你不會很火大，覺得為什麼沒有早告訴你我有這種能力嗎？」

「即使有不知道的部分，也很正常啊。」

「不知道不會很不爽嗎？」

「並不會因為不知道，就變討厭了啊。」

「太害羞了，不玩了。」

「妳為什麼突然告訴我，妳是大魔王？」

「還要繼續玩啊？」

「我覺得很好玩啊。」

「你這樣充滿期待，讓我壓力超大。」

「那就算了，不勉強啦。」

「你說這種話，根本是激將法。」

「雖然我沒這個意思，但我猜妳會這麼想。」

「那好吧，我原本是來毀滅這個世界的。」

「原來是可怕的魔王。」

「很可怕喔，吼喔。」

「妳這樣一點都不可怕。」

「早知道我就不模仿了。」

「繼續。」

「嗯，但在偵察之後，我漸漸愛上了大家。」

「幸好妳是心地善良的魔王。」

「其中有一個人特別善良溫柔，所以魔王就說出了真相。」

「能夠受到魔王的青睞，真是太榮幸了。」

「鏘鏘。」

「結束了？」

「結束了。」

「呃，剛才的話，讓我想到一件事，我可以說嗎？」

「可以，魔王恩准你可以說。」

「謝魔王隆恩，我剛才在想，別人的哪些方面，是非瞭解不可的。」

「什麼意思？」

「搞不好被人知道是魔王後，反而會被別人討厭啊。」

「的確有可能。」

「雖然應該有很多人即使感到很害怕，但因為已經和魔王變成了好朋友，所以會繼續喜歡下去。」

「如果是這樣，那就太好了。雖然我不是魔王。」

「大家到底瞭解了別人的哪些方面，才會喜歡別人呢？」

小、禾。必！宓？山

我也知道發現女生身上的味道和以前不一樣很變態，但就是會發現啊，我有什麼辦法。今天早上，三木向我打招呼說：「早安，少年郎，還好嗎？」時，我為自己只能說出「我們不是一樣大嗎？」這種很沒有幽默感的話感到後悔不已，但同時暗自下定決心，今天也要好好努力。就在她走過我身旁時，我發現飄散在她周圍的洗髮精味道，和平時的不一樣。

她換洗髮精了。我記得她之前曾經說，很喜歡一種洗髮精，所以平時也都帶在身上，但我當然不可能問她。如果我問她這種事，她一定覺得我很噁心，變成她眼中的討厭男生。我希望能夠維持目前既不喜歡，也不討厭的男生的地位，但我當然不是真心這麼想。

我坐在窗邊最後排的座位上，心不在焉地想著這些事，發現在教室前方用力抱住三木的女生頭頂上，浮現了一個問號。

「山姆，妳換洗髮精了？為什麼？」

雖然我不可能抱三木，但搞不好我也應該像那個女生那樣輕鬆發問。不不不，如果換成是我，結果一定很悲慘，還是乖乖感謝那個女生代替我問了這個問題就好。

我偷偷觀察著。

「呵呵。」三木發出帶著鼻音的笑聲後，頭頂上浮現了一個驚嘆號回答：「秘密。」她似乎很高興有人問這個問題。

這種時候，我這種人就會一個人亂猜。她換了洗髮精。是不能說的秘密。而且很高興別人問這件事。

難道她有男朋友了？

我帶著超寂寞、超遺憾的心情，聽著八點半的鈴聲。

「你們知道『何其』和『甚』的差異嗎？」

古文課上，當老師發問時，在我視野範圍內，幾乎所有同學的頭上都冒著問號。雖然我看不到，但我的頭頂上也冒著問號。

只有少數幾個人的頭頂上冒著驚嘆號和句號，不一會兒，其中最愛出風頭的人舉起了手。當然就是三木。

「我知道。」

三木很有精神地舉起手，她在拿手的古文課時情緒總是很高漲，但在數學課時，頭頂上始終有三個逗點在那裡嘀嘀咕咕，即使看著她的背影也不會膩。如果一直盯著她看，被其他人發現就完蛋了，所以只能偶爾養眼一下。可是今天即使想要養眼，也被自己的想像影響，心情變得很糟。她在她男朋友面前，一定會表現出更多不同的面向。

下課後，我趴在課桌上，聽到有人坐在我旁邊座位的聲音。

「他們說，下一節英文課要去LL教室。」

「嗯，對啊。」

「你沒事吧？我看你上課時也在發呆。」

「嗯，對啊。」

「對個屁啊，我是在說你啊。」

我抬起頭，看著阿塚曬黑臉上露出的燦爛笑容，簡直就像吸收了陽光，太刺眼了。

「你身體不舒服嗎？」

「沒有，只是有點想睡覺。」

「是喔，我也想睡覺。」

阿塚相信了我的鬼話，頭上冒出一個句號，打個大呵欠。他從一年級開始就經常和我玩在一起，今天也靈活地用兩道濃眉和帥臉做出各種表情。

「我們快走吧，不早點去，英語課又要挨罵了，而且我也沒寫作業。」

阿塚開心地笑完之後，拍拍我的肩膀，走回自己的座位，準備去上英語課。我也拿了課本、筆記本和筆來到走廊上，聽到阿塚的腳步聲從身後追了上來。

「昨天深夜，不是有日本隊的比賽嗎？我一直看到很晚，所以沒睡飽。

你有看嗎？」

「不，我沒看。」

「搞屁啊，是日本隊的比賽欸。」

「日本隊喔，好厲害。」老實說，我甚至連到底是足球還是棒球也不知道，只能隨口敷衍，幸好阿塚眉飛色舞地點了點頭說：「對不對？」

阿塚雖然是我的好朋友，但我們的個性完全不一樣。我們是因為音樂方面的愛好相似，所以才會變成好朋友，除此以外，沒有任何共同點。雖然交朋友的契機就是這麼一回事，但阿塚活潑開朗，長得也很帥，包括身高在內，不知情的外人應該覺得我們兩個人完全不搭。老實說，我也稍微有點在意。因為我們這種人很卑微，和那些型男穿一樣的衣服都會覺得很不好意思。

我忍不住想，和阿塚一樣活潑開朗，外型也很帥的人才配和他走在一起。

在我們班上的話，應該……

「阿塚，你不覺得我和以前不一樣了嗎？」

我和阿塚走在一起，三木站在阿塚身旁突然問道。

「啊？我不知道啊，你知道嗎？」

阿塚問我。我當然不可能回答，是洗髮精的味道不一樣了，但也想不出任何能夠讓三木滿意的答案，只能假裝沒有興趣地回答：「不知道欸……」

「山姆，聽到了沒有？女生的頭髮剪了一公分這種事，我們根本看不出來。」

平時聽到阿塚這麼說，三木總是眨眨眼露出微笑，但今天不一樣。她的頭上冒出三個句號。不同人頭上的標點符號所代表的感情也不一樣，三木只有不高興的時候，頭上會冒出三個句號。

「難怪你會被學姊甩了！」

三木嗆完阿塚，就快步走開了。她說得沒錯，不久之前，阿塚和原本交往的學姊分手了。他只說是個性不合，但我猜想他們之間應該有不少問題，只不過既然當事人不在意，我也決定不當一回事。

「這傢伙太過分了。」阿塚像平時一樣笑著說，頭頂上冒著句號。這代表他完全不跟三木計較。

走進開著冷氣，空氣涼涼的LL教室，我和阿塚分別走去和教室時相同的座位坐了下來。

在LL教室上課時，兩個人一起坐在長方形的桌子前。長方形桌子的中央裝了一個螢幕，同桌的兩個人一起用這個螢幕看英語教學影片。

我們今天也和老師用英文打招呼，相互問候之後，看電影作為聽力練習。我們全班的人數是偶數，所以都是兩個人一起看。如果要仔細看，兩個人必須靠得很近，幾乎是近到讓人有點害羞的距離，光是這件事，就讓我有點意興闌珊，但今天沒有這個困擾，我可以獨佔螢幕。因為只有我旁邊的座位沒人坐。

我們班上有一個拒學的同學。坐在我旁邊的宮里從黃金週開始，已經有兩個星期沒來學校了。我們班上沒有霸凌，沒有人搞小圈圈，所以她應該不是因為這種膚淺的理由拒學。我已經夠內向了，宮里比我更內向，她向來沉默寡言，不吵不鬧，溫柔嫻淑，興趣是保養自己隨身物品。可能有什麼無法告訴任何人的煩惱。

升上二年級後，我在她旁邊坐了一個月，有時候很擔心是不是因為自己導致她拒學，但也無法確認。如果我完全沒有頭緒，或許可以透過阿塚向別人打聽，問題就在於並不是這麼回事，所以我感到害怕。兩個月前的某一天，我說的那句話可能把她惹火了。

我和三木以外的女生都可以正常說話，和坐在旁邊的宮里關係也不錯。照理說，應該為她的拒學感到擔心而做些什麼，但我這種人，對自己在意的人無法採取任何行動，不管是哪一種形式的在意都一樣。我可以說一大堆無關緊要的話，重要的話卻說不出口。

三木在這方面真的很猛。大家都知道她在一年級的時候，對剛入學就一見鍾情的學長展開猛烈的攻勢。不知道她從哪裡調查到學長隨身使用的物品，連洗髮精和球鞋也都不放過，然後開始投學長所好，結果學長被她的舉動嚇到，最後當然失敗而告終，但我很希望她那種衝勁可以分我一點。雖然這麼想，但還是算了，因為我不希望三木的魅力受到影響。

「所以啊，阿塚，稍微分一點魯莽給那個女生啦。」

「哪來的所以啊，根本沒有前因後果。」

我內心對三木的感覺當然不可能告訴任何人，所以阿塚也不知道，我以後也沒打算告訴他。

「不是啦，我是說，宮里再不來學校，學分搞不好有危險。」

「這和剛才說的魯莽有什麼關係？而且我哪有魯莽啊！不過，宮里真的有點危險了，至少希望可以和她一起畢業。」

阿塚向來有話直說，我就是喜歡他這一點。上完英語和生物課，吃完午餐後，我們利用午休時間，在沒有人的音樂教室內，把冷氣開到最強，兩個人躺在地上，看著天花板。

「通常很難把不來學校的人帶回來，更何況她已經那麼久沒來了。社團也一樣，一旦不來參加，再怎麼說服也是白費口舌，通常都會退社。」

「嗯，是啊。」

「不過，看到社團的成員或是同學變成這樣，真的會很不甘心，覺得如果有什麼事，可以找我商量啊，但問題是自己根本沒資格成為別人商量的對象，而且也沒本事解決別人的問題，然後就覺得自己很沒出息。」

「⋯⋯⋯⋯」

就是這一點。三木和阿塚的共同特性，就是當事者的意識很強烈，也就是在很多事上都義無反顧。即使是別人的事，他們也能夠設身處地思考，產生強烈的感情，然後採取行動。我也希望自己哪怕稍微有一點這種特性也好。但正因為沒有，所以只能看著天花板說：「是啊。」

「大塚，你們在幹嘛？」

不知道什麼時候走進音樂教室的同學的說話聲從腳下傳來。阿塚用他引以為傲的腹肌坐了起來，「喔，空空。」阿塚叫了那個同學的名字，所以我也知道是誰。我用手臂撐起身體，聽著他們開心地聊著天。

他們聊完後，阿塚站了起來，低頭看著雙腿用力的我說：

「你該不會想魯莽地去找宮里，所以要我分一點給你？不不不，我可沒有那種勇往直前的衝勁。」

阿塚的頭上冒著問號。他對自己的感情很坦誠，言行和符號很一致。

「不，不是這個意思，她不想來學校，即使魯莽地去找她，她反而更不想來了吧。」

「是啊。嗯，但是我覺得你現在這樣就很好。對宮里來說，坐在你旁邊是一件好事。因為每個人都有不同的作用，在北風和太陽中，你應該是太陽。」

阿塚頭上的符號告訴我，他並不是在開玩笑，然後又笑著打著我的後背說：「我不是北風喔。」他的力氣很大，打得我有點痛，但因為他人超好，所以就不跟他計較了。

今天我們班上的兩顆太陽也照亮了我平淡無奇的生活，但宮里的生活中可能沒有太陽。

當時，我這麼想，但其實根本沒搞清楚狀況。

隔天，雖然對宮里有點抱歉，但發生了更令我在意的事，就覺得身旁的空位只是熟悉的景象。

三木走過我身邊時，我立刻發現她的洗髮精又恢復了和平時相同的味道。這代表什麼意義？也就是說，三木家並沒有換洗髮精，而是她用了其他地方的洗髮精。不不不，她也許只是住去女生家裡。但如果是這樣，就搞不懂她昨天為什麼說換洗髮精的理由是秘密，也不知道為什麼別人發現她換了洗髮精，她頭頂上就冒出欣喜的驚嘆號。總之，我為這件事超沮喪。

如果這件事就這樣過去，我也許可以說服自己，三木可能有什麼我搞不懂的理由這麼做，沒想到一個星期後，三木又和之前一樣，用了和平時不同的洗髮精，而且那天比平時心情更好，頭頂上是滿滿的驚嘆號，所以絕對不是偶發事件。

再補充一個無關緊要的資訊，她用的洗髮精名叫「霹靂安」，我們在讀中學時，那些型男都用這種洗髮精，幾乎成為他們的註冊商標。我覺得這簡直就像在告訴我，果然只有這種男生才配得上三木，所以心情更鬱悶了。雖然我知道自己根本沒有權利鬱悶。

三木今天又問：「我是不是和以前不一樣了？」時，阿塚回答：「變胖了？」結果挨了揍。如果我有一丁點的勇氣，就會立刻解圍問：「是不是換了洗髮精？」既然是「如果我有……」的假設，就代表我沒有。

「早安，夏天感冒很麻煩，你要小心點。」

「啊，嗯，謝謝。」

至於我，這個星期很可悲，和三木之間的對話就只有她沒來由地這麼提醒我，而且那天剛好是她洗髮精味道和平時不同的日子，應該是因為心情太好，心血來潮對我說這句話而已。

第三次發現三木的洗髮精味道和平時不同的日子，我被三次洗髮精的味道都一樣這個事實打敗了，當仍然沒有發現三木有任何不同的阿塚和她對話時，我也沒有接話，更沒有心情為下下週的期末考試開始讀書。

我無法樂觀地告訴自己，難免有這種日子，明天再好好讀書。因為從那天之後，三木換洗髮精的日子以加速度增加。第一次到第二次相隔一個星期，第二次到第三次相隔五天，第三次是星期一，第四次是星期四，第五次是剛好在住家附近遇到她的星期天，下一次是星期二，然後星期四和星期五連續兩天的洗髮精味道都和平時不一樣，簡直就像在炫耀和不知道哪裡的男朋友關係越來越親密，我深受打擊，照這樣下去，我的期末考成績可能創下歷史新低。

「你怎麼了？還好吧？」

「我沒事。」

阿塚還是老樣子，完全沒有察覺。

三木每次換洗髮精都會問：「我是不是不一樣了？」「不一樣了吧？」「你快說我不一樣了。」今天星期五，阿塚被問到時，又回答說：「妳的室內鞋很破。」三木的室內鞋的確破了洞，所以阿塚也算是答對了，但那是「為了露出可愛襪子」的獨特時尚，和三木希望他發現的點似乎不一樣，所以又惹她不高興了。

話說回來，除非靠得非常近，近到當事人會害羞的程度，或是對散發出這種味道的人有興趣，或是這種味道勾起了自己的回憶，否則的確不太可能發現洗髮精的味道。

這並不是阿塚的錯。雖然我很想這麼袒護阿塚，但我當然沒有勇氣直接對三木說，所以我決定拐彎抹角地提醒阿塚一下，因為三木每次都那麼生氣，也未免太可憐了。

星期五，三木被幾個同學包圍，「妳這傢伙最近都不和我們一起玩，是不是交了男朋友。」「呵呵。」我在走廊上聽著她們聊天，和阿塚聊起這個話題。

「三木最近有什麼不一樣嗎？」

「誰知道啊，但那傢伙是瘋子，可能希望別人猜中她最近熱衷的什麼東西。」

中學時代，他們曾經參加同一個田徑隊，所以阿塚對三木毫不客氣。

「雖然應該不太可能，但會不會是換了香水？」

「啊，你這麼一說我想起來了，她身上的肥皂味很香，但換了香水或是洗髮精這種事，通常沒什麼好說的吧？」

我的頭頂上應該冒出了很大的驚嘆號。原來他發現了。阿塚似乎誤會了我的驚訝，用大手拍了我的背一下說：

「我可不是故意去聞女生身上味道的變態！」

我躺著也中槍。

「我只是剛才靠近她時發現的，和我們中學時，學校淋浴室裡放的洗髮精味道一樣，那時候不是很流行這種『霹靂安』嗎？」

沒錯，那些型男都很喜歡這種自我主張很強烈的味道。

「因為那種洗髮精的味道很好聞，所以別人經常看到我的臉，就以為我是女生。我很喜歡那味道，也覺得很懷念，但哪有人會為這種事一次又一次問，我有沒有不一樣？如果真是這樣，那她還真不是普通的瘋子。」

阿塚說的有道理，而且只是換洗髮精，就一直逼問並不是男朋友的男性朋友：「我是不是不一樣？」實在有點奇怪。

但是，這麼一來，我就不知道她到底哪裡不一樣，而且，她換了洗髮精這件事果然不假，這個問題仍然沒有解決，只不過到底怎樣算是解決？我帶著這個疙瘩，迎接了期末考前最後的週末。

期末考那週的第一天，星期一。大家應該都不輕鬆，照理說，我也必須開始用功，以免考試不及格，但三木身上又發出那種洗髮精的味道，第一節又是我最討厭的物理，結果出師就不利，在第一節課之前，就幾乎快累癱了。

阿塚又擔心我。

「我沒事，但連續兩堂都是我不喜歡的科目，不累癱才奇怪。」

「那倒是，而且下一堂是數學，我們兩個都完蛋了。啊，還有山姆，妳也一樣。」

阿塚也沒放過剛好走過來的三木，我以為三木頭上一定會冒出什麼符號攻擊阿塚，沒想到她眨了眨眼，露齒一笑，然後叫著：「啊，空空。」轉身走去找朋友了。空空是那個女生的綽號，是「腦袋空空」的簡稱，和她原本的名字沒有任何關係。三木竟然滿不在乎地為朋友取這種綽號，難怪阿塚會說她是瘋子。但這不正是她的優點嗎？太有個性了。在這麼想的同時，又想到了「誰都會被她的這種魅力吸引」這種會對考試分數產生負面影響的事。

上課鈴聲響起之前，老師就走進教室。我們坐回各自的座位，我旁邊的座位還是空的。

宮里的成績沒問題嗎？一旦留級，不是更不想來上學了嗎？雖然我只是坐在她旁邊而已，但如果她從此休學，人生從此變了調，還是會讓我難過。不，也許事情沒這麼簡單。

我接過前面同學傳過來的考卷，心不在焉地想著這些事，上課鈴聲鑽過我意識的縫隙響了起來。

我很快知道了三木剛才笑容所代表的意思。數學考試開始不久，全班所有同學頭上的問號和句號都時隱時現時，我不禁大吃一驚。

因為三木頭上冒出很多驚嘆號，多得幾乎快把她周圍的同學都遮住了。

她怎麼了？我好奇地看著頭，發現她高舉雙手，使勁做了一個勝利的姿勢，被老師狠狠教訓了幾句。

三木數學很差。看來她很用功複習，搞不好猜題還猜對了。她對數學考試很有自信，所以才會露齒而笑。

看到三木很高興，我也跟著高興起來，但現在不是高興的時候，我必須為自己擔心。

於是，我不再觀察三木。

「渙散」這兩個字用在這種時候超貼切。渙散，一盤散沙。注意力和臨時抱佛腳的知識無法團結一致，對付考試，根本像一盤散沙。

我專心看著數學考卷，但開始解題時，突然想到也許三木交了一個能夠教她數學的年長男朋友。這個不妙的想法一旦浮現，就一直糾纏我到考試結束，甚至影響到第四節課。

這可不行。雖說有在意的心事，但繼續這樣下去，恐怕要留級了，到時候就必須和班上所有的同學說拜拜了。

阿塚這個人其實很愛乾淨，腳上的球鞋很白，平時目送他去田徑隊的社團活動室後，我就會直接回家，但今天的我情緒高漲。雖然高漲情緒的主要成分是危機感。

所以，我決定去圖書室讀書。圖書室內沒什麼人，我在可以看到操場的四人座位坐了下來。考試期間，社團都暫停活動，沒想到跑道內外有很多自願訓練的學生。阿塚也在其中，他們一定想藉由活動身體，讓腦袋清醒，而且他們也很擅長這麼做。在跑步的人頭上都接連冒著驚嘆號。

輸人不輸陣，我也要用功讀書。

雖然我下了決心，但要找回失去的專注力並非易事。就和信用一樣，一旦失去，就很難再找回來。八成是這樣。

結果很悲慘。我看著阿塚練習跑步，中途上了廁所，稍微背了幾個英文單字，就不知不覺地睡著了。

我相信大家應該都能瞭解，睡過頭的時候，在醒來的瞬間就知道了。我趴在桌上醒來時，立刻知道自己闖禍了。

我戰戰兢兢地抬起頭，圖書室內果然一片寂靜。太過分了。我忍不住嘆了一口氣。

我嘆的氣似乎吹動了空氣，鼻子聞到了那個味道。

「嗚哇哇！」

我感受到某種動靜，不，是呼吸，也不對，是更濃烈的熱氣，轉頭一看，雖然在圖書室，但我還是忍不住大聲叫了起來。

她被我的叫聲吵醒了。不，我不知道這種形容是否貼切，總之，不知道為什麼，在我旁邊趴在桌上睡覺的三木倏地抬起頭，看著滿臉驚訝的我，說了聲：「嗨！」嗨個屁啊。

想到自己在不知不覺中，和三木相鄰而睡，臉一下子紅了。

三木揉著惺忪的睡眼說：

「好想睡。」

「怎、怎麼回事？」

「什麼怎麼回事，啊，對了，我有話想要說。」

什、什麼事？我不由得緊張起來，她的頭頂上浮現了三個句號，臉朝向正前方，用眼角看著我說：

「你轉告阿塚，不，是要轉告大塚……這樣下去，女生會逃走。」

雖然搞不懂她為什麼要用這種方式對我說話，但只能對她點頭。

「我、我會轉告。」

三木確認了我的態度後，立刻站了起來，說了聲：「再見。」就離開了。

「瘋子……」

我忍不住脫口說道。三木離去的背影，以及腳下那雙乾淨的室內鞋，還有近距離感受到的洗髮精味道都留在我的腦海中。那天晚上，我又失眠了。

不知道是不是昨天那件事讓我的腦袋通了電流，隔天的考試超順利。第一堂古文課考試，有一題是「何其」和「甚」的差異，之前三木在課堂上回答過這個問題，所以我記得一清二楚。英文也很少有我最怕的單字問題，主要是閱讀理解題，我的分數應該值得期待。

即使我可以答出所有的題目，仍然搞不懂三木昨天的行為有什麼意義。

今天早晨，三木似乎心情不錯，笑著對我說：「早安，How are you?」

「啊，I am fine, thank you.」我的回答無聊到極點，但她的笑容讓我更摸不著頭緒。今天的洗髮精味道又和平時不一樣，想到可能是她男朋友讓她心情變好，不用說，我當然忍不住陷入了沮喪。

不用說，阿塚又為我擔心了。阿塚真是好人。

「你沒事吧？昨晚沒睡飽嗎？」

「我昨晚在複習，很厲害吧。」

考完四個科目，放學後，我們一起在食堂吃飯時，我對阿塚吹噓道。阿塚笑著說：「了不起，負責！我回家就睡了。」

阿塚這個人很坦率，所以我覺得他任何事都不會多想。

「三木昨天發生了什麼事嗎？」

「嗯？山姆怎麼了嗎？」

「我昨天放學時剛好遇到她，覺得她有點怪怪的。」

「她整天都怪怪的啊，她今天又跑來問我，是不是覺得她哪裡不一樣，鬼才知道。」

阿塚又笑了起來。

「不不，不是這個意思，她好像很生氣。」

我沒提她不知道什麼時候睡在我旁邊這件事。

「是喔，你別管她，她是瘋子。」

「對啦，是沒錯啦。」

我們兩個人真是太過分了。

凡是有關三木的事，阿塚向來不會多思考，這是基於他們是多年朋友的信賴關係，有時候讓我超羨慕。阿塚的信任感總是幫了我很大的忙，但今天我很希望他能夠給我一點啟發，讓我解決這個問題。由此可見，三木最近讓我神魂顛倒。

所以，我不慎踏進雷池一步。

「因為她平時都笑嘻嘻的，所以我有點在意。」

「是嗎？她不是經常生氣，不然就是哭哭鬧鬧嗎？以前讀中學的時候，她不知道為什麼事情不爽，還飛踢我。」

「我真想見識一下。不是啦，我、我在想，她搞不好和男朋友吵架了。」

「你真是太善良了！但是，山姆沒有男朋友。」

「啊！」

我大吃一驚，身體搖晃了一下，椅子發出了嘎答的聲音。我難得說話這麼大聲，如果可以看到自己的頭頂，一定會看到頭上冒了一個特大的驚嘆號。但這個驚嘆號代表驚訝的意思只維持了幾秒而已，我隨即感受到好像溫水流進體內血管般的舒爽。

搞不好我也是身體很直接表達內心感情的人，我全身都開始發癢，那是心頭的疙瘩終於化解，流向全身的感覺。

我忍不住嘆了一口氣。太好了。她以後一定會交男朋友，不，她過去應該也有過男朋友，而且，即使她沒有男朋友，我也不認為自己有機會。即使這樣，我還是忍不住感到慶幸。

我在腦袋裡充分感受安心之後，才終於想起眼前的朋友。我剛才露出了怎樣的表情？阿塚一臉驚訝的表情，瞪大了那雙漂亮的雙眼皮眼睛，好像在看什麼珍禽異獸般看著我，而且頭上有好幾個問號。

當這些問號依次變成驚嘆號和句號時，我終於發現，那並不是我在杞人憂天。

阿塚滿是驚訝的表情漸漸地，但很堅定地變成了笑容，而且他的嘴角上揚到極限，露出了最燦爛的笑容。

慘了。

「阿、阿塚？」

「你這傢伙、你這傢伙、你這、你這傢伙！」

阿塚似乎變成了「你這傢伙」族，只會說「你這傢伙」這句話了。他一直說著你這傢伙、你這傢伙，伸出長手臂，拚命拍著我的肩膀，而且非常、非常開心的樣子，好像是自己的單戀終於修成正果了。

如果他調侃我，或是嘲笑我，我應該會說謊騙他，但是，阿塚並沒有這麼做，所以我也一早就放棄了，但我也沒承認。

「是喔，真的假的，真的假的，是喔！」

這下子又變成「是喔真的假的」星球人的阿塚頭上滿是句號和驚嘆號，代表了他的驚訝和接受。

「我跟你說，這個消息很確實，因為是空空告訴我的。空空也以為她最近交了男朋友，於是就去問山姆，是不是交到了男朋友，山姆好像回答說，絕對沒有。因為她上次嗆我和學姊的事，我也想掌握她的把柄，所以還請空空吃了一根冰棒，才打聽到這件事。」

我根本沒問，終於恢復了地球上日本國國民的阿塚就詳細向我說分明。

「但你並沒有掌握到任何把柄，白白浪費了一根冰棒。」

「沒關係啊，對你來說，這個消息具有一百根冰棒的價值吧？」

阿塚不懷好意地笑了起來，雖然我是他朋友，但還是忍不住覺得他太帥了。

所以，對於之後得知的事，我完全不感到任何驚訝，至於能不能接受，那又另當別論了。

「辛苦了，大塚，你臉上有蔥花。你們兩個人今天也很恩愛啊，該不會是男男戀？」

「喔，空空，謝謝啦，只不過妳這種連男人的友情也看不懂的傢伙給我滾遠點！」

阿塚不管是和食堂裡的同學打鬧時，還是飯後吃冰淇淋時都很開心，我看著他，也忍不住高興起來。

吃完冰淇淋，想到被朋友知道秘密實在太難為情了，臉可能會爆炸，所以我大聲宣布要去圖書室用功。我這麼一說，阿塚應該又會去練跑步。我果然猜對了，阿塚爽朗地說：「那我去跑一下。」我感覺好像把他趕走了，內心有點抱歉，但我需要時間整理一下自己的情緒。

我和直到最後一刻都很開心的阿塚道別後，和昨天一樣，走去圖書室。

一個人靜下來之後，原本分散的難為情都凝聚在一起，在全身奔竄，最後我完全無心讀書，一個人在圖書室角落陷入苦悶。

但這種癢癢的感覺又有點舒服，再度把睡眠不足的我帶向沉睡。

當我醒來時，和昨天一樣，圖書室快要關門了。雖然又犯下了無法辯解的失敗，但內心的充實感足以抵消失敗的沮喪。

回家的路上我才發現，還是搞不懂三木到底是怎麼回事。

既然這樣，三木為什麼一次又一次換洗髮精，而且一次又一次逼問阿塚？

宮里昨天似乎來學校了，這件事成為我們班上的熱門話題。原來她來學校了啊，至少她在其他教室參加考試，這樣也不錯。這是我的感想，阿塚也因為昨天的事，所以一臉笑嘻嘻，只有三木一反常態，心情很不好。

三木可能很不爽，其他女生邀她：「考完試去吃冰」，她也沒有吭氣，頭頂上的三個句號一直閃個不停。

女生心情不好的時候去招惹，絕對不會有好事。我躲在高大的阿塚身後，想要低調熬過這一天，沒想到她今天又出招了。

「阿塚，你會不會有點在意？」

「……完全不在意！」

不知道是否因為昨天那件事的關係，阿塚大聲地否認，三木狠狠瞪著他，而且也順便瞪了我一眼。雖然我飛快地移開了視線，但阿塚笑了起來。

不知道是什麼原因讓三木變成這樣，她的挑釁完全徒勞無功，我們完全搞不懂她想要表達什麼。我要不要試著問她，是不是換了洗髮精？不不不，如果我這麼說，她一定覺得我是變態。我已經栽過一次……

這一天，考完所有的科目時，三木仍然悶悶不樂。有幾個同學以為她心情差不多快好了，就走過來找她，結果都無功而返。我難得很慶幸自己可以看到別人頭上的符號。

考完四科後，期末考試的所有科目終於都考完了。鈴聲響起的瞬間，教室內緊繃的空氣發出了鬆弛的聲音，所有人頭上都冒著驚嘆號和句號。

我鬆了一口氣。暑假還沒開始，下個星期是暑期補習，之後才是犒賞，但是，暑期補習就像是唱片附贈的歌曲，根本不必太認真。

宮里搞不好會來暑期補習。我想著這些事，打發了打掃和班會的時間，老師改考卷的日子，再加上週六、週日，我們總共有四天的連假。

「我從今天開始要去社團狂練，你要回家嗎？」

「嗯，是啊。回家之後，可能會去看CD，搞不好可以提前買到迷你專輯。」

「喔，不錯喔。你買到的話，再借給我聽。」

聊了幾句很像是高中生的話後，我和阿塚道別，離開學校回家前，沒有遇到心情不好的三木，也沒遇到今天可能也來學校的宮里。回家之後換了T恤和牛仔褲，走路去附近一家書店兼CD店。

大約二十分鐘後到了書店，一走進書店，發現冷氣開得很強，感覺有點冷。我看向店員，發現她頭上閃著逗號，而且穿了一件開襟衫，猜想可能有人客訴說店裡太熱了。

我斜眼看著書架上滿滿的書，走向陳列CD的二樓。稍微找了一下，立刻發現了我要找的那張CD。

雖然我最後會買回家，但還是忍不住戴上試聽機的耳機，立刻試聽了那張CD。CD中的歌曲是我和阿塚唯一的交集。

我和阿塚在一年級剛開學時就成為好朋友。他抽籤抽到我前面的座位，看到從我口袋裡露出來的耳機，笑著問我在聽什麼。以前很矮的他那時候成長期已經結束，皮膚也曬得很黑，一看就知道和我屬於不同的類型，但他的笑容化解了我內心的害怕。

沒想到我告訴他樂團的名字後，竟然讓我們成為這麼好的朋友，實在太不可思議了。因為這種不可思議的緣分，讓我結交到這個超帥的朋友，我在聽歌的時候，想起他開心的笑容，忍不住笑了起來，結果和站在我旁邊的粉領族四目相接時，她頭上的問號立刻變成了驚嘆號，而且移開了視線。對不起，我錯了。

聽完第三首歌後，我把耳機放回陳列架，拿起了CD。

我正打算拿去收銀台結帳，猛然停下了腳步。

因為陳列架的另一側傳來熟悉的聲音。陳列架略高於我們的身高，所以看不到對方的身影，但可以聽到說話的聲音，而且，我還可以看到她們頭上的符號。

說話的是空空，也就是黑田，另一個也是我們班上的女生。啊，對了對了，空空是她的綽號，我叫她的時候都規規矩矩叫她的本名黑田。沒有特別的理由，除了阿塚以外，叫其他同學時，我都叫他們的姓氏。空空雖然和三木、阿塚關係很好，但也都是叫他們的姓氏。

其實我沒必要躲起來，即使撞見了，只要打聲招呼就好。我具備了這種程度的溝通能力，而且空空對任何人都很開朗，應該也會很爽朗地和我打招呼。

只不過她們討論的話題，讓我不得不停下腳步。

「山姆最近怎麼了？」

聽到同學的發問，空空笑了起來。她的頭上冒著驚嘆號，顯示她很高興。

「呵呵，妳是不是以為三木交了男朋友？好像不是這麼一回事喔。」

「那她怎麼了？」

空空的頭上冒出更多驚嘆號。

「嘿嘿，這是最高機密，但妳可以保證不說出去嗎？」

「如果有人請我吃三十個哈根達斯，我可能會說。」

「那就可以相信妳了。」

和三木當朋友，都會變得怪怪的嗎？我心裡這麼想著，豎起耳朵，準備聽她說最高機密。我雖然知道不該偷聽別人說話，但腳黏在那裡不動。因為兩隻腳黏在那裡不動，所以事後後悔也沒用。

空空完全沒有壓低聲音，就大剌剌地說：

「我跟妳說，三木她……」

「嗯。」

「她好像很在意大塚。」

啊，是這樣啊。

聽到這個意想不到的名字，我雙腿發軟，好不容易才忍住沒癱在地上。

陳列架的另一端，那個女生的頭上冒著巨大的驚嘆號。

「是喔，不錯啊！我好想看他們在一起！難怪她最近常跑去找他說話。」

「是啊是啊，但不知道他們聊什麼。」

是喔，原來是這樣。聽了她們的對話，我大致瞭解了三木這一陣子的舉動所代表的意義。

她們說得沒錯，難怪她一次又一次問：「有沒有不一樣？」原來她希望引起注意。

很喜歡那種洗髮精的味道。原來她知道這件事。我記得之前曾經說過，但竟然沒有聯想到這件事，難怪她會感到很浮躁。

原來是這樣啊。不愧是三木，也未免太魯莽了。原來她在圖書室說的話，也是這個意思。當時也提到她乾淨的室內鞋。

我很想當場蹲在地上，所以我放棄買CD，立刻離開那家店。

這樣很對不起他，不能借CD給他了。但是，我實在無法承受。

我並不覺得我有機會，但還是……

我想起他昨天開心的表情。啊啊，到底要怎麼向他啟齒。

阿塚，只請一根冰棒，當然不可能告訴你。

雖然考試已經結束，但這天發生的事，讓我在接下來的三天都失眠了。

星期天是四天連假的最後一天，我還是不知道見到阿塚和三木時，該露出怎樣的表情。阿塚傳了訊息給我，我也沒有回覆，一直躺在床上不想動。

如果我傳訊息，把那天聽到的事告訴阿塚，不知道他會怎麼回答。我刪除了寫到一半的訊息。

我閉上眼睛。三木的笑容，和平時不同的洗髮精味道、潔白的室內鞋浮現在眼前。

我無法不想。雖然再怎麼想也無濟於事。

於是，我在這次連假中第一次想要做點什麼。

我換好衣服出了門，稍微活動身體之後，兩隻腳自然而然地走向那家書店兼CD店，好像打算去雪恥。

我當然沒心情聽音樂，而且阿塚可能已經買了那張CD，但我想不到除此以外，還可以做什麼事。

幸好那家店並不是三木會去的地方，阿塚應該在參加社團活動。這一帶以學校為界限，分成東側和西側，分別都有學生經常出沒的店家。住在東側的人都去東側的店家，住在西側的人都只去西側的店家。三木住在東側，我、空空和阿塚，還有宮里都住在西側，所以在西側的店裡，基本上不會遇到住在東側的人。

照理說應該是這樣。喔，對喔，那上次為什麼會在便利商店遇到她？

錯就錯在我不應該想這些事。

到了那家店，自動門感應到我的身體打開的瞬間，冷氣迎面撲來，同時有一個人走了出來。

「嗚喔、喔、喔喔！」

三木整個人向後彈跳，頭頂上的驚嘆號時隱時現，手上拎著書店的藍色袋子。

我的心臟用力跳了一下，因為節奏被打亂了，所以比平時更說不出話了。

「喔、喔喔喔、喔、喔嗨喲。」

「……呵呵，你怎麼了？有這麼驚訝嗎？」

三木不提自己驚訝得跳了起來，發出像往常一樣、帶著鼻音的笑聲，調侃著我的緊張態度。「真、真的嚇一跳啊。」我趁說話的同時點頭時，看向她穿的球鞋。她的球鞋擦得潔白。

那種洗髮精的味道隨著店裡吹來的冷氣飄了過來。

是喔。原來是這樣。

三木的頭上冒著驚嘆號。

「你來買CD嗎？聽阿塚說，新的CD出來了。」

阿塚的笑容浮現在我眼前，隨即又消失了。

「嗯，是啊。三、三木，妳呢？真難得啊，妳會來這裡。」

「啊，嗯，是啊。」

「妳、妳約了黑田嗎？還是、阿塚？」

如果是平時，我根本不可能問這麼多。但是，即使最後會受傷，我還是想要知道她的「在意」到底是什麼意思，所以脫口這麼問道。

三木頭頂上冒著驚嘆號和問號。那並不是她有疑問，而是她在猶豫要怎麼回答。

「嗯，是啊。嗯，啊，我們進去再說，不然冷氣都跑掉了。」

她這麼說應該是為了轉移話題，但三木的表情和頭頂上的符號完全一致，一看就知道她感到不知所措。她這個人向來不說謊。

不想說出心裡的話，但又夾雜著想要一吐為快的興奮。

向前走了五步，聽到自動門在背後關起的聲音。星期天，店裡有很多人。我們不由自主地走去入口附近放扭蛋機的角落，那裡的人比較少。

那裡的空間很狹小，我忍不住心跳加速。三木沒有說話，我的心臟噗通噗通地跳，我很擔心她會聽到我的心跳聲。

不知道是因為沒睡飽，還是因為太緊張了，難得的機會當前，我很快下定了決心。

我立刻出了招。以摔角來說，就是把她丟向繩索。

「呃，三、三木。」

「嗯？」

三木頭上冒出了疑惑的問號。

「最、最近、發生了、什麼事嗎？」

她頭上的問號變成了驚嘆號。驚訝中似乎還帶著喜悅。

是喔，果然是這麼回事。

既然這樣，說出來應該沒關係。我暗自想道。

大家早就發現了，只是沒說而已。

「呃，那個……」

「呃？」

「妳是不是換了洗髮精？」

三木頭上冒了一個特大的驚嘆號。她瞪大了雙眼看著我。向來不說謊的她，臉上寫著喜悅。

我無法直視她的臉。因為我不知道自己臉上露出了怎樣的表情。

三木的飛踢粉碎了我的意圖。她今天比平時稍微溫柔了些，用雙手抓住我的肩膀，在極近的距離和我四目相接。我就像即將被她捕食的獵物，無法移開視線。

不知道三木是否有點激動，我發現她的臉好像有點紅。這麼近的距離，她只有一點臉紅而已，太厲害了。

她的長睫毛在我的眼前啪契哩、啪契哩眨了幾下。

「所以呢？」

「……啊？」

「所以，你是不是有什麼話要對我說？」

有話要說？要說什麼？

只要她不會生氣，我有一句話想說。

如果是平時，我當然不敢說，但只要告訴自己，一旦錯過這個機會，就永遠不會再有下次，也許可以脫口說出來。

三木在等待，等待我應該對她說的話。熾熱的感情在她的頭頂上閃爍。

我在持久戰中落敗了。內心的那根線應聲斷裂。

只要說一句話就搞定了。

三木，我……

「我、我、我……」

「……嗯，什麼？」

「我……知道宮里也用這種洗髮精。」

嗯，我不可能有這種勇氣。真是功虧一簣，太沒出息了。

我對自己感到失望，忍不住垂下了頭。

沒想到低頭的時機不對。

三木的肩膀撞到了我的下巴，我就像中了上勾拳，整個頭被迫抬了起來。

我看到了天花板，而且，從來沒有這麼近聞到那種洗髮精的味道。

我這時才發現，三木抱住了我。

全身血液的流動速度一口氣加快了速度。

「三、三木！喂，這也太那個了。」

「太好了呃呃呃呃呃呃呃呃呃呃呃呃呃！」

三木沒有放手，在我耳邊大叫。

怎、怎麼回事？

「太好了呃呃呃，我原本還以為來不及了呃呃呃。」

「這、這是怎麼回事？喂！」

聽到我這麼問，三木終於鬆開了抱住我脖子的手。然後站在我面前，雙眼炯炯有神，完全沒有絲毫害羞的樣子。

「宮里終於可以來學校了！」

「…………宮里？」

我的聲音因為三木體溫的餘韻微微顫抖。

「沒錯！我和宮里約定！只要知道你不討厭宮里，宮里就會來學校！真的太好了，我還擔心你鼻子塞住了，所以每次都問你的身體狀況，但又覺得好像太故意了，怎麼樣？會不會感覺很故意？」

「怎、怎麼回事？我、我什麼時候討厭宮里了？」

「我還想問你呢！」

三木突然露出嚴肅的表情瞪著我。我完全搞不懂這個瘋子在想什麼，雖然可以看到她的符號，但她的感情變化太唐突，我一下子看不出來。

「你之前不是稱讚了宮里的洗髮精味道嗎？但之後就對她很冷淡，為什麼？」

三木推著我，我只好後退，最後，我的後腳跟撞到了書店角落的牆壁。

「你給我說清楚到底是怎麼回事！」

我被三木逼到牆邊，覺得她的「哼哼！」聽起來超可怕。

那是四月的事。宮里那時候還坐在我旁邊，因為我們在一年級時就同班，所以關係還不錯。

宮里沉默寡言，即使我的橡皮擦掉了，她為我撿起來時，也會遲疑該不該開口。

但是，只要我主動找她說話，她就會回答。我們在LL教室看教學影片時靠得那麼近，平時不說話反而很尷尬，所以我經常和她聊一些無關緊要的事。

我記得曾經稱讚她的室內鞋。她的室內鞋很白，簡直像新的一樣，一問之下才知道，她經常清洗，已經穿了很久。我也是在那個時候知道她的興趣就是保養自己的隨身物品，是個嫻淑的女生。我稱讚她，她頭上冒著驚嘆號，小聲地說：「謝謝。」

我和宮里之間，就是這種程度還算不錯的關係。我覺得彼此在某些地方有共鳴，因為關係還不錯，結果就有點得意忘形。

那天我們像平時一樣在LL教室相鄰而坐，湊在一起看英語教學影片。雖然已經習慣了，但這麼近的距離，還是有點害羞。老師回去辦公室，大家都竊竊私語，在一片鬆懈的氣氛中，我聞到了宮里洗髮精的味道。

我隨口問她：

「妳用的洗髮精是『霹靂安』嗎？」

她的頭上浮現一個特大的驚嘆號。我誤以為她感到高興。

「我們讀中學的時候很流行，我很喜歡這種味道。」

我只是閒聊而已，但宮里之後的反應完全出乎我的意料。

宮里的頭上很多符號時隱時現，代表了她內心的困惑、不悅、混亂和慌張。看到她的反應，我也忍不住慌亂起來，沒想到宮里眼眶中泛著淚水，然後把頭扭到一旁。她完全拒絕了我。

我發自內心感到後悔。自己得意忘形，說了太多話。那天之後，我盡可能不在她面前亂說話，我像她一樣謹慎小心，說話很節制。

漸漸地，雖然我們相鄰而坐，但幾乎不再說話。黃金週之後，她就不來學校了。

沒錯，我和阿塚一樣，這種洗髮精的味道也勾起了我的回憶，所以才會發現三木的變化。

而且，之前曾經因為提到這種洗髮精的味道，造成了對方不愉快，所以我也不敢在三木面前提這件事。

「呵呵，原來是這樣啊。」

因為擔心造成店家的困擾，所以我們走出店外，來到停車場角落。我把事情的原委告訴了她，符號的事說不出口，也隻字不提可以以此瞭解別人心情的事。三木目不轉睛地注視著我的雙眼，發出了帶著鼻音的特有笑聲。

「因為你們兩個人都是好人。」

三木說了這句莫名其妙的話。

「你們兩個人都太拘謹了，有時候像我和空空那樣隨便一點，反而會很順利，啊，但如果所有人都像我們一樣，變成只有開心的事，這個世界會崩潰吧！呵呵！」

「…………不，那個，但是，為什麼我發現了洗髮精的味道，宮里、就會來學校了？」

聽到我的問話，三木用符號和表情表示：「現在輪到我說了！我就在等這一刻！」

「我和宮里以前根本不是朋友。」

她突然這麼對我說。我也許該驚訝，但我完全沒有。因為我一點都不意外。在教室這個空間內，存在著所謂的活動範圍，和個人意願無關。雖然既沒有敵對，也沒有刻意避開，但大家都很習慣和自己同類型的人在一起，所以，通常很少和不同區域的同學說話。我和三木像這樣聊天很稀奇，我和阿塚會成為好朋友這件事也很稀奇。所以，三木和宮里關係並不密切也很正常。

「但我們最近變成好朋友了。」

我對這件事也不感到意外，否則三木不可能知道我的喜好。一定都是從宮里口中得知的。

「差不多一個月前，我去空空家玩，回家的時候下起了雨。因為我沒帶傘，所以就一路跑回家，剛好看到宮里在她家的院子裡收衣服。看到她手忙腳亂的樣子，我就去幫忙，結果我的制服都被雨淋得濕透。長話短說，反正那天我就住在她家。」

我猜想三木省略的部分應該包括了宮里的糾結和天人交戰，我忍不住想要雙手合十。

「雖然一開始有點尷尬，但我向來覺得讓別人敞開心胸沒那麼難，在對方舉手投降之前，我都會一直裝熟，最後宮里終於投降了，就告訴我很多事。你猜她為什麼不來學校上課？」

「為、為什麼？」

「她說你討厭她，所以在換座位之前都不想來學校！我聽了真想衝去你家，用金勾臂把你狠狠摔在地上！」

我想像著因為宮里意想不到的回答，害我差一點被三木的金勾臂摺倒在地，忍不住在心裡發出無聲的慘叫。

「怎、怎麼可能！我還以為宮里討厭我了。」

「所以我就說了啊，你們兩個人都太拘謹了。宮里說，你聊洗髮精的時候，你露出很不屑的表情，她起初以為你在調侃她。」

「沒、沒這回事。」

「我就知道，但宮里不知道為什麼，當時這麼覺得。」

……對喔，如果看不到別人頭上的符號，就不知道對方帶著怎樣的感情說話。我果然是一個無法站在別人立場思考的廢物。

「你看，你又露出這麼嚴肅的表情。笑一笑，笑一笑。你知道宮里以為你在調侃她的原因嗎？」

其實我可以猜到一個原因，但那是只有我和宮里這種人才瞭解的感覺。雖然這不是阿塚或是三木的錯，只是他們無法瞭解這種感覺，所以我搖了搖頭。

「原來是這樣啊。」

就像我覺得和那些型男穿一樣的衣服很丟臉，宮里一定覺得和那些型男美女用一樣的洗髮精很心虛，所以才會以為我在調侃她。宮里的內向不光是因為嫻淑，還因為她對自己很沒自信。

我誤會了她，決定不再在她面前亂說話，結果她以為我對她冷淡。

「所以，只要知道你並沒有討厭宮里，事情不就解決了嗎？所以我說，我要來問你，但不知道為什麼，宮里說如果我來問你，你一定會說不討厭她，甚至不惜說謊。」

我的臉頰發燙，幾乎快爆炸了，忍不住想起在三木很拿手的古文課上曾經學過的短歌。人人皆問探，吾心之愛戀。

「如果不直接問你，要怎麼確認？根本超難啊！我相信你並不會討厭宮里，洗髮精的事，也只是把心裡的想法說出來而已，所以就想到，可以用洗髮精引起你的注意。」

三木摸了摸自己的頭髮。

「妳原本不是想用金勾臂把我摺倒在地嗎？」

「先不管這個，如果你真的討厭宮里，根本不可能提到她，對不對？」

這倒未必。我這麼想之後才恍然大悟，三木這個人絕對不會在背後說自己討厭的人的壞話，她會直接飛踢對方。

「所以，如果你聞到這種洗髮精的味道，然後提到宮里，那我就贏了。」

「到、到底是什麼比賽？而且妳也可以透過阿塚問我啊。」

「不行不行，宮里叫我不可以把這件事告訴別人，而且阿塚這麼喜歡你，一定會把事情一五一十告訴你。啊，我雖然沒有把實情告訴你，但並不代表我討厭你喔。」

身為朋友，聽到這樣的評價很高興，但我更感到納悶。因為我想到空空前幾天說的「在意」這件事。

「因為不能直接問你，所以我只好趁阿塚和你在一起的時候問，想要不動聲色，讓你很自然地發現，沒想到那傢伙每次都東扯西扯，說一些根本無關的事！」

那算是不動聲色？她還真厲害。所以說，三木對自己喜歡的人，也不會直接問對方。咦？

「所以，我製造了和宮里相同的狀況，你還是沒有發現，所以我在圖書室時超生氣。不過，我忍住了！我沒有直接告訴你，對吧？」

原來那天的狀況是這麼回事。咦？所以說，她當時提到的「女生」是指？

「我這個人原本就不擅長拐彎抹角，所以就去問空空，要怎麼不經意地把自己的想法告訴自己在意的人。」

……………………嗯？

「啊！所以說，那時候的『在意』是指這個意思？」

「哪時候？」

我忍不住脫口問道，慌忙閉上了嘴，從胃底湧現的失望和安心也留在了嘴裡，沒有再次脫口說出：「搞屁啊」這句話。

原來是這樣啊。但也合情合理。

我差點就向她告白了，幸好還沒說出口，否則就太自作多情了。幸好只是知道自己會錯意而已。

當然，我超級超級失望，但又覺得卸下了心頭的重擔。

「是不是空空在別的地方亂說？這個小賤人，我要去揍她！」

我覺得很好笑，忍不住笑了起來，前一刻還一臉氣鼓鼓的三木好像立刻忘記了憤怒的感情，頭上冒出一個驚嘆號。

「好，那我們一起去宮里家！」

「喔，好啊。啊？什麼？現在就去？」

我說話時想像著自己的頭上應該冒了一個很大的驚嘆號，三木頭上冒出一個問號。

「啊？嗯，我最近都在宮里家參加K書合宿，所以來買雜誌作為謝禮。我這次數學考得超好，宮里提到的地方都考到了。你沒空嗎？啊，你要來買CD吧？我在這裡等你，你先去買吧。」

真的假的。我心裡這麼想，但又不敢違抗三木，只能去買了CD。

雖然我很快就回來了，但三木向我揮著手，露出燦爛的笑容，眨了眨眼睛對我說：

「這麼一來，宮里就可以開開心心來學校上課了，真是太棒了！」

她頭上有一個特大的驚嘆號。她沒有說謊，也不是在開玩笑，更不是在說客套話，而是發自內心這麼想。

雖然她很瘋狂，又是個怪胎，這次我有點自作多情，所以有點失望，但我還是很慶幸自己很喜歡她。

沒想到隔天我又因為沒睡好而悶悶不樂。

「怎麼了？來不及吃早餐嗎？要不要吃？」

早上的時候，我坐在座位上發呆，阿塚體貼地拿了裝在袋子裡的麵包走到我面前，然後一屁股坐在我旁邊的座位。

「不，我沒事，但你最好不要坐在那裡。」

「為什麼？」

沒為什麼。我正想這麼回答時，班上響起一陣嘈雜聲。

「各位同學！宮里來了！」

和宮里一起走進教室的三木大聲宣布，站在她身後的宮里露出超級尷尬的表情。但我從她頭上的符號知道，她並沒有不高興。

如果是以前，宮里遇到這種狀況，一定會轉身逃走，但我相信她應該也很喜歡三木，所以沒放在心上。我瞭解。她會忍不住崇拜。像我和宮里這種總是瞻前顧後的人，很崇拜那種吹走所有一切，把太陽和北風混在一起，帶走旅人的憂愁和不安的力量。

我看向身旁的阿塚，他也看著三木和宮里，臉上和頭上都露出了喜悅，然後又帶著笑容看向我。

「太好了。」

啊，阿塚這傢伙真是好人。

所以，我雖然能夠理解……雖然能夠理解，至於願不願意承認，則又另當別論了，每次想到，我都會陷入沮喪。

昨天，我們去了宮里家。三木向大驚失色的她說明了事情的原委。我向宮里道了歉，她也向我道歉。雖然還有點尷尬，但總算恢復了只差一步就是朋友的關係時，聊天突然走了調，三木提出要為宮里取綽號。

「要取什麼綽號？其實任何綽號都可以，就好像大家都叫我山姆，但並不是因為我叫三木的關係，而是因為我笑的時候鼻音超重，而且也經常眨眼，阿塚就說，我很像某一個卡通的角色，所以就開始這麼叫我。」

「是喔。」

不知道是否聽到宮里委婉地表示佩服感到很高興，三木又繼續說了下去。

「所以我也幫他取了綽號。他現在個子很高，成為萬人迷，讀中學的時候，那張臉看起來好像美少女。雖然他是男生，但我覺得他可以進寶塚，所以就叫他阿塚。雖然他的本名叫高崎博文，呵呵。」

三木的笑聲果然帶著鼻音。

那個話題是我先提起的。應該是因為和三木、宮里的關係比以前更進了一步，所以有點得意忘形。

「妳和阿塚很要好。」

「因為我們之前在同一個社團，根本就像是死對頭。」

宮里聽了，說了致命的一句話。

「啊，原來你們不是一對啊，我之前一直這麼以為。」

宮里用文靜恭謹的聲音，委婉地小聲說道，三木聽到這句話，立刻爆炸了。

原本以為三木聽到宮里這麼說會大吵大鬧，對阿塚破口大罵，沒想到她紅著臉，低下了頭，小聲嘀咕說：「不是啦。」

我根本不需要看她頭上的符號，也知道這代表什麼意思。

我當然不可能說：「原來是這麼一回事啊。」

啊啊啊啊。

我在心裡大叫著，宮里戳了戳我的腿。抬頭一看，不知道為什麼，她竟然偷偷對我做出了勝利的姿勢。

任何人和三木當朋友，都會變得有點怪怪的。我逃避現實地這麼想道。

阿塚站起來後，宮里走過還在大聲聒噪的三木身旁，戰戰兢兢地走了過來，然後看著我，露出了笑容。

我很鬱悶。雖然很鬱悶，但看到宮里臉上的表情和頭頂上的符號，就覺得即使無法放下三木那件事，但今天至少宮里來學校了，那就先不管那些了。

「大塚，早安。」

她小聲向我打招呼，隨即聞到了『霹靂安』的香氣。

小／禾＼必＝宓＊山

比起女英雄，我更嚮往英雄。我不想穿漂亮的禮服，更想要可以帥氣的變身腰帶。我不想被王子保護，更想打倒壞蛋，扶弱擠貧。

我已經是高中生了，知道這個世界上並沒有英雄，也沒有壞蛋，但是，我內心的嚮往還停留在小時候的階段。

「出招了！山姆的飛踢！」

飛踢？好像不太對……

雖然有人說，人際關係是人類最大的煩惱，但人際關係根本很簡單，只要讓對方心臟位置可以看到的、像翹翹板一樣的木板稍微偏向正極的一側，就可以輕鬆搞定。即使對方一開始心房緊閉，被我的猛烈攻勢嚇到，翹翹板偏向負極那一側，也可以用愛的重量，讓翹翹板倒向正極。就這麼簡單。雖然我好像也被甩過，但不好的事早就忘光光、忘光光了。嗯，可以忘記。

所以，平時很少有煩惱的我，當然不是在為人際關係煩惱，而是其他事。

「山姆，妳的飛踢超讚。」

文化祭的練習結束後，我在女子更衣室穿起西裝外套時，身後傳來一個可愛的聲音。我立刻知道是誰，一轉身就抱住了她。

「很帥嗎？」

「嗯，下週正式演出時，一定會很成功。」

「謝謝！呵呵，好香啊！」

我稱讚了她頭髮的香氣，艾蒙害羞地笑了起來，她心臟的翹翹板傾向了右側。是正極。看到朋友的感情傾向正極，我忍不住高興起來，感情也傾向了正極。

「喔，妳的紙袋很漂亮，是小圓點圖案。」

「謝謝山姆，妳的拎包也是新的，超可愛。」

艾蒙淡淡地笑了笑。其實她有點內向，之前只要我抱她，她的翹翹板就會一下子傾向負極。之後我們變成了好朋友，所以我每天都很高興。沒錯，人際關係中大部分都是開心的事。

雖然她叫艾蒙，但她並不是外國人。她的眼睛很大，笑起來的樣子很像是芝麻街美語的角色。雖然她並沒有全身都是紅色，反正就幫她取了這個綽號。我的綽號叫山姆，但我是日本人。因為我的笑聲鼻音很重，據說很像某個卡通角色，有像嗎？

我正在想自己的習慣，眼前嬌小的艾蒙突然跳了起來，大叫一聲：

「嗚哇！」

發生什麼事了？看到空空站在艾蒙身後，立刻就知道一定又是她幹了什麼好事。

「啊啊，剛才看到妳抱她，我還以為開放大家想摸就摸。」

空空說完，一臉若無其事地把伸進艾蒙裙子裡的手拿了出來，而且還說什麼：「宮里，妳屁股上長了青春痘。」我立刻把艾蒙拉了過來，不讓空空再對她毛手毛腳。

「妳別亂來，別讓艾蒙也成為妳腦袋空空的受害者。」

「對不起，對不起，我可以讓妳們想摸就摸。」

空空說完，高高舉起雙手。因為她的樣子太蠢了，我對艾蒙說：「那妳就摸她。」艾蒙用指尖戳了戳空空的肚子。好輕！好可愛！但這根本不算報復，所以我就示範給她看。

「要這樣。嘿喲……呃！」

我先摸了空空的肚子，然後順著她喜愛的鮮紅色毛衣的圖案向上摸，在碰到某個部分時，我立刻把手收了回來。

「摸夠了嗎？那走吧。」

空空用手指摸著天然鬈的中長髮，用慵懶的聲音說道。她一臉若無其事地準備走出去，我立刻抓住她的脖子，把她逼到更衣室角落。為了避免被外面的男生聽到，我特地壓低聲音問：

「喂，空空，妳、妳為什麼不穿？」

「啊？喔，妳是說內衣嗎？這是少女的秘密。」

妳在說什麼鬼話！我在心裡罵著自從認識她之後，不知道已經罵過幾次的話，空空皺起了眉頭，好像我不該問這個問題。

人際關係很簡單。照理說，應該很簡單，但只有她，只有空空，我不知道她在想什麼。因為她的翹翹板既沒有傾向正極，也沒有傾向負極，但也沒有平衡，而是轉個不停。雖然這算不上是煩惱，但每次看著她，就感覺許多事都很沒意義。

腦袋空空的空空似乎並沒有察覺我啞口無言，從我們身旁鑽了過去。

被空空不穿內衣的事攪局，害我忘了說我的煩惱。

簡單地說，就是關於升學的事。

升學指導。到底要選大學，還是要選學院，或是選系，先不談這些細節問題，關鍵就在於未來想成為怎樣的人。因為看不到自己的翹翹板，所以自己的事最麻煩。

「如果妳讀文學院，以後可能不太好找工作，除非妳可以在四年內找到能夠養妳的男人。」

「你是說當家庭主婦嗎？我才不要，一定無聊得想死。」

「如果妳不先學會敬語，就不讓妳畢業去讀大學。」

老師突然露出嚴肅的表情，但他頭上的翹翹板微微傾向正極。可見老師也不想這麼嚴肅，也很想輕鬆地聊天。老師和我們的處境不同，所以我就配合他演出一下。

「知道了，我考慮考慮。」

我用這句話敷衍老師，結束了上次的師生升學指導。

今天是隔週的星期一。

「三木，早安，妳怎麼了？發什麼呆啊，該不會收到情書了？」

「……空空，早安。呵呵，妳換髮型了？」

我在想事情時，就會忍不住發呆。今天在鞋櫃前發呆時，聽到有人叫我。回頭一看，空空站在那裡，一頭鬈髮竟然變成了直髮。我忍不住伸手去摸她的頭髮。嗚哇！好滑順。當我走向她時，她也向我的方向走了一步，結果我還摸到了其他地方。摸到不該摸的地方後，頭髮的事根本無所謂了。

「空空，萬一被男生發現怎麼辦？」

「超解放，簡直可以飛天了。」

聽說白痴和煙霧都喜歡高的地方。空空的心靈翹翹板還是像往常一樣，快樂地打著轉。

「所以妳是怎麼回事？情書嗎？」

「才不是呢。」

「能夠淡定地回答『才不是呢』就是妳厲害的地方，這代表妳以前曾經收到過。」

「妳很吵欸。升學、升學，我在為升學的事煩惱。」

「妳還沒決定嗎？」

「嗯……」

「不管是要繼續升學，還是要去工作，去自己想去的地方不就行了嗎？」

空空一派輕鬆地說道，似乎完全沒有為這個問題煩惱。雖然我也知道，但問題就是沒這麼輕鬆啊。老師也說了，必須考慮到以後找工作的問題，所以必須做出以後不會後悔的決定，很難在兩者之間取得平衡。

我對空空嘟起了嘴，空空一臉認真，毫不猶豫地逼近我，我立刻後退，穿到一半的室內鞋留在原地。

「啊，我還以為妳要和我親親呢。太激情了。給妳。」

空空拿起室內鞋交給我，她完全不認為自己的行為有任何問題。我也經常踢朋友，大家都說我是瘋子，但我超不能接受。空空這種人才是真正的瘋子吧。

我接過室內鞋穿了起來，空空突然小聲說：「沒問題的。」

「什麼沒問題？」

「我心愛的三木做出的選擇，絕對不會錯。」

她這個人腦袋空空，所以才能夠一臉認真地說這種讓人害羞的話。

大部分人的翹翹板動向都差不多，只有微小的差異而已，但有些人的動向和其他人完全不同。我們班上就有三個人，其中一個就是剛才提到的空空，另外兩個是男生。

「山姆，禮堂借到了，所以放學之後，演出組和佈景組要去那裡集合。」

其中一個男生就是放學前的班會之前，經過我座位旁時，對著我的頭頂說話的傢伙，他的綽號叫阿塚。之前他個子很矮，臉也長得像女生，我說他雖然是男生，但可以進寶塚劇團，所以就幫他取了這個綽號。最近他長高了，而且成為女生眼中的萬人迷，讓我有點不爽。不管我說什麼，阿塚的心靈翹翹板都完全不會動。在心情徹底平靜時，翹翹板會呈現兩條平行線。阿塚和我說話時，隨時都是兩條平行線，稍微動一下會死啊！

「我知道了，謝謝你。」

算了，不說阿塚的事了。

我來繼續介紹。另一個男生目前坐在我後面，他和阿塚相反，和我說話的時候，他的翹翹板每次都會用力晃動。如果我現在突然回頭，應該也一樣。

「哇，三木，怎、怎麼了？」

「不，沒事。」

我就知道。因為他的翹翹板晃動得太激烈了，起初我以為他喜歡我，覺得人見人愛的女人真是罪過，但應該不是這麼一回事。如果他喜歡我，和我說話的時候，翹翹板不是應該傾向正極的方向嗎？但他的翹翹板傾向負極的方向，應該只是覺得我這個人很不好對付，所以感到緊張而已。我竟然以為他喜歡我，真是太自作多情了，老實說，我覺得很丟臉。算了，以後要和他再混熟點，至少讓他的翹翹板不要再傾向負極。

艾蒙坐在他旁邊的座位，最近我覺得他們兩個人的感情似乎不錯，所以我也不能和他混得太熟。他們兩個人很要好，說話的時候，兩個人的翹翹板都傾向正極。情侶雙方都是我朋友的感覺真不錯，可以盡情地逗他們。

他目前還沒有綽號，我正在想。空空最近都叫他的名字，所以大家都叫他阿京。

「那表演的人和負責音響、燈光的人都去禮堂。服裝組、道具組可以留下來的人去宮里那裡！」

放學時，大家齊聲向老師道別結束的瞬間，教室內突然響起一個拖著長音、大聲說話的聲音。原來是坐在最前排的空空對著天花板大叫。老師警告她：「黑田，要注意音量！」空空答非所問地回答：「因為我很賣力」，沒有向老師道歉，就轉頭向班上的同學個別發出指示。

我相信大家應該已經猜到了，我們正在為這個週末的文化祭做準備。星期六是舞台表演的時間，星期天是園遊會。各班可以選擇參加哪一天的活動，我們班挑選了引人注目的舞台表演，而且召集人就是空空。

一個月前，第一次討論文化祭活動的時候。原本以為雖然我們班上的同學感情很好，一旦討論文化祭的事，每個人都會有不同的意見，最後還是得靠表決決定，沒想到空空舉起了手，自信滿滿地說了一番話，馬上結束了討論。

「我們來演一齣英雄劇，想要出風頭的人可以演英雄或是怪物，雖然有興趣，但不想太出風頭的人可以演民眾或是打手。想要做幕後工作的人可以製作服裝或佈景，展現自己的長才。我會負責劇本，到時候會拍下來，我打算用在大學入學的個人申請推甄，希望大家提供協助，讓我完成目標。我說完了。」

空空的意見並不是好像慢慢把糯米紙舔融化，而是大口直接咬下來。因為沒有其他同學更強烈地表達自己的主張，所以大家很快就覺得「好像很好玩」。幸好我們班上有像艾蒙這種手很靈巧的同學，也有像阿塚那種帶領男生一起炒氣氛的人，還有像要扮演英雄、自我感覺良好，想要引人注目，也很想要出風頭的人。那就是我。

於是，我們班很快就決定要在文化祭的舞台表演那一天表演英雄劇。其實空空已經去戲劇社參觀過，而且還寫好了劇本，當天就把劇本發給了全班同學。

大家都知道空空想要就讀的大學和目標，所以也想助她一臂之力。我們這一班真是太優秀了！

空空應該也有同感。「大家都太棒了，讓這次的文化祭永生難忘！」雖然這句話聽起來很老套，但從空空的嘴裡說出來，聽起來好像是真的。雖然她應該根本沒想那麼多。

「喂，上空妹。」

「嗯，對啊，妳該不會還在懷疑？」

我追上正準備去禮堂的空空叫住了她，上空妹竟然輕鬆地打開西裝外套的釦子，拉出繫在裙子內的毛衣和襯衫，想要拉起來。當她的手指抓著平時穿的T恤，露出白色肚子時，我慌忙按住了空空的手。

「妳在幹嘛！」

周圍有很多同班同學，阿京不知道發生了什麼事，正好奇地看著我們，他立刻移開視線，快步走開了。

「對了，宮里說，服裝可能提前完成，頭套可能也會自己做，等一下要量妳的頭圍。」

「妳不是應該說，差一點被阿京看到嗎？」

穿著制服的空空衣衫不整，突然聊起了嚴肅的話題，聽到我的吐槽，也露出錯愕的表情。空空真是太狂了。明明就是在搞笑，卻露出「我可沒在搞笑」的表情！阿塚和阿京都不知道她有多狂，所以才會說我是瘋子，真是搞不懂他們。啊，但阿京最近似乎終於發現了，我也就稍微安心了，這麼一來，他應該不會再像以前那樣怕我了。

對了，因為他會參加演出，所以也走去禮堂。他原本不是這種喜歡拋頭露臉的人，但在空空的命令下，他參加了這次的演出。他最近因為某種理由對空空言聽計從，雖然有點為他擔心，但還滿好玩的。

「好，今天也要好好排練。」

一走進禮堂，空空就開心地說道。大家的翹翹板幾乎都傾向正極。

只剩下一個星期，可以暫時拋開升學的事，最後一次文化祭準備工作已經進入最後階段，啊啊啊啊啊，我的升學問題該怎麼辦？

「真的硬邦邦的，太厲害了。」

空空正在吃拿在右手上的冰淇淋，艾蒙摸著她的左手手指說道，似乎發自內心受到了感動。她真是好人！

「阿京的手指也慢慢變硬了。」

「給我看你的左手。」我對坐在對面的阿京說，空空在一旁插嘴說：

「不對不對，阿京是右手，他是左撇子。」

阿京在空空的催促下，戰戰兢兢地伸出了右手。我摸了摸，發現他用來按住琴弦的部分摸起來和其他地方不一樣，只是沒有空空那麼硬。我一直摸著阿京的手，他的翹翹板果然劇烈搖晃起來。空空和艾蒙摸他的時候並沒有搖晃得這麼厲害，但我才不會因此收手，反而更加摸個不停。這是震撼療法，雖然目前還沒有奏效。

而且，今天只有他一個男生，不知道是否覺得尷尬，所以他的翹翹板比平時說話時更加劇烈搖晃。和同班同學在一起竟然會緊張，真是太奇怪了。至於為什麼今天只有他一個人，因為平時和阿京形影不離的阿塚去參加社團的聚會了，我們看到阿京一個人在食堂，就逮住了他。

「整個暑假都在練習，所以手指當然會變硬，而且現在也稍微會彈了，下次表演給大家看。」

「好想聽。」

艾蒙露出充滿期待的眼神看著阿京，阿京用力搖著頭，但他的師父空空制止了他。

「喂，阿京，這是師父的命令。我為了教你，也從頭開始練習。文化祭結束之後，我們選一首曲子專心練習，然後表演給大家看。宮里、三木，妳們就好好期待我徒弟的成長。」

阿京聽到師父的命令，露出了洩氣的表情，但只有我發現，他心靈翹翹板有短短的一剎那傾向了正極。原來他躍躍欲試。內心的動向很誠實，不會說謊。在害怕的同時振作精神，阿京，不錯喔。

「阿京，你又要學吉他，又要參加文化祭的表演，還要用功讀書，真是太忙了。呵呵，而且還要思考升學的事。唉。」

「談到未來竟然會嘆氣，三木，這太不像妳的作風了。再怎麼嘆氣也沒辦法讓自己飛上天，除非可以像噴射客機，或許有可能。」

空空站了起來，做出飛天的姿勢，我不理她，向艾蒙和阿京使眼色說：

「話是這麼說，但這是很頭痛的問題，畢竟是關係到一輩子。」

「那妳也別穿內衣啊，至少身體可以變輕。」

空空站在那裡擠著自己的胸部，我抓住她的脖子，讓她坐了下來。這傢伙竟然還是不穿內衣來學校。

原本覺得機會難得，剛好可以向艾蒙和阿京請教一下升學的問題，結果才聊完這幾句無腦的對話，就聽到鈴聲響起，宣告我們愉快的午休結束了。

我們都很乖，把餐具放回去，丟了垃圾後，分別去各自的區域打掃。

雖然我知道這樣很莫名其妙，但看到大家分別走去不同的區域打掃，聯想到一年半之後，大家就會各奔前程，忍不住感傷起來。沒想到竟然會為這種事「嗟嘆」。

空空說對了，這樣真的不像平時的我。

那天放學後，得知今天可以借用體育館的場地，所以演出組和佈景組留下來排練。正式演出時，也是在體育館表演，所以必須在僅有的幾次排練中，體會在大舞台上表演的感覺。這是第三次在體育館排練，我可以透過耳麥和翹翹板，感受到大家的緊張。

我？我完全沒問題。英雄無論在排練還是正式演出時都所向無敵。

如果可以，我希望可以一直出現在舞台上，但因為劇本的關係，有些場景不需要我上場。我把準備擄走良家婦女的打手和空空留在體育館，獨自去福利社買寶礦力。英雄當然少不了打鬥，所以要補充水分。

距離文化祭不到一個星期，平時放學後的福利社總是很安靜，如今卻擠了不少人。我買了寶特瓶裝的寶礦力，正打算走回體育館，看到朋友坐在食堂前的長椅上，立刻用寶礦力丟他。

「好痛！」

「呵呵，這樣都接不住，實在太遜了。」

「多危險啊，英雄怎麼可以用暴力。」

阿塚笑著把寶礦力丟了回來，我接住後，在他身旁坐了下來。

「社團活動暫停，服裝組今天也休息，你在這裡幹嘛？喔，原來在等阿京。」

「是啊是啊，我是閒人。」

阿塚的心靈翹翹板和平時一樣，是兩條平行的線。丟寶礦力給我的時候，翹翹板搖晃了一下，但和我說話時，竟然完全沒有任何感覺。算了，沒關係。

「你可以去體育館啊。」

「我去那裡，顏色就會不一樣了吧。」

雖然阿塚眉飛色舞，說得好像他有什麼特殊能力，其實只是他一出現，那些男生就會和他一起打鬧。真是個麻煩人物。

「那就先借用你的約會對象，你再等一下。」

「哪是約會啊，我們只是說好要一起去看CD。」

「你們不是去買CD，只是在店裡閒逛，不是嗎？那不就是約會嗎？而且已經是老夫老妻模式了。啊，難怪，你整天巴著阿京，所以他和艾蒙之間始終沒有進展。」

「啊？」

哇！之前就知道阿塚很遲鈍，他果然遲鈍。話說回來，他連自己的事都很遲鈍，怎麼可能知道別人的事。

「艾蒙和阿京不是感情不錯嗎？聊天時也很開心。」

我隻字不提翹翹板的事，巧妙地告訴了阿塚。他不發一語。雖然不發一語，但用讓人看了很火大的呆滯表情看著我，而且還嘆了一口氣，我忍不住打了他，只是不知道打他的力道有沒有和火大的程度相當。

「啊，阿京該不會已經告訴你了？還是在做戲服時，聽艾蒙提過？」

「不是，關係再好，也不會說這種事啊。」

他說得好像很懂得人情世故。我瞪著他，他露出經常讓那些女生尖叫的靜靜笑容看著我。

「怎麼？你以為這種不動聲色的態度很帥嗎？想打架嗎？」

「無論怎麼看，妳那張臉都不像是英雄，所以還是別鬧了。對了，我聽空空說，妳好像在為什麼事煩惱。」

「喔，嗯，為升學的事啦。」

「妳平時看起來無憂無慮，真難得啊。」

「是啊，但被你這麼說，讓人超火大。」

「不是說了嗎？別再露出這種表情。」

我湊到阿塚面前瞪著他，他用大手按住我的臉，把我推了回來。空空的手指因為彈吉他變得很硬，他的手則是因為運動而變得粗糙。拿開啦！

「阿塚，你別說我，你有認真考慮嗎？」

「我希望以後去國外工作，所以要讀外文系。」

「……是喔。」

「讀國立大學的話，學費比較省，我也會拚命打工，自己賺生活費，在大學期間就想去國外走走。大學的暑假不是有一個多月嗎？不過，如果讀國立的話，就要考數學，所以上次升學指導面談時，老師叫我趁現在用功讀書，要讀到眼睛流血為止。啊哈哈。」

阿塚露出爽朗的笑容，看著他的表情，我既感到佩服，又感到焦慮。我並不是因為他認真考慮自己的未來感到佩服和焦慮，其實我也有考慮。阿塚和我最大的不同，就是他遇到這個問題能夠馬上回答。我和他認識已經五年了，他的確信和自信對我造成了威脅。

「哞噢噢噢噢噢噢噢噢噢噢噢噢噢噢噢！」

「又怎麼了？妳在練習被打時發出的聲音嗎？」

看到我痛苦得打滾的樣子，阿塚簡直樂壞了。不管了。我抓住了他的腦袋，準備用頭槌攻擊他時，旁邊響起一個很有節制的聲音。

「三、三木，師父在叫妳。而且不要欺負阿塚。」

轉頭一看，阿京站在那裡。不知道為什麼，他的心靈翹翹板竟然傾向負極。

「不，不是！是他欺負我！對不起，對不起，輪到我了吧？」

雖然我說出了真相，但阿京的翹翹板仍然朝向負極，而且當我放開阿塚時，他的翹翹板稍微倒向正極。他還真是為朋友著想！

「那我去圖書室，結束後去那裡找我。」

「你去讀書嗎？」

「不，去和老師打屁閒聊。啊，對了對了，山姆。」

我已經站起來了，但看到阿塚向我招手，身體又靠了過去。聽到阿塚低聲說的話，我忍不住向他揮了一記英雄拳。

「空空那傢伙怎麼了？今天一直用胸部擠我……」

「我哪知道啊！」

空空不穿內衣是為了勾引阿塚？看不出她對阿塚有意思，而且之前沒有任何預兆，完全搞不懂是怎麼回事，但那個腦袋空空的傢伙，很可能突然做這種事。

我想起今天早上在鞋櫃前和阿京聊天時，阿塚走了過來。我舉起手向他打招呼說：「早安」，空空突然跑了過來，直接撲向阿塚的手臂，然後拉著他不知道去了哪裡。仔細回想之後發現，空空當時還轉過頭，用很醜的樣子對我擠眉弄眼。那是什麼意思？是代表「阿塚是我的」的意思？

現在沒空去想這些事。這些傢伙都在搞什麼啊！

時間過得飛快，後天就是文化祭正式表演的日子了，升學的問題也完全沒有進展。雖然現在才二年級的後期，不必急著考慮這個問題，但我一向都是決定目標之後，不顧一切向前衝，而且也多次靠這種方法獲得了成功，不難想像，如果我渾渾噩噩，缺乏明確的目標，帶著輕鬆的心情讀書，早晚會後繼無力，而且八成是在重要的場合出差錯。每個人都有適合自己的努力方式，雖然我的人生還很短，但活了十幾年，找到了自己最擅長的生活方式，而且是能夠得到最理想結果的方式，當然不能輕易放棄。

「站在舞台側邊時，表演就已經開始了。即使燈光漆黑，即使觀眾沒有看到，也絕對不能鬆懈。同台的其他演員是最初的觀眾，所以大家可以放心，因為大家都知道彼此很帥。」

如果是別人，當天晚上躺在床上，回想起自己說的話，一定會害羞得直打滾，空空卻可以面不改色地說這種鬼才相信的話。但多虧身為主事者空空的努力，文化祭的準備工作十分順利，和我的煩惱形成明顯的對比。

「明天放學後可以借用禮堂，搭了佈景之後，從頭到尾排練一次。音響和照明在第五節課時去體育館確認，別擔心，所有的事都會很順利。嗨嗨！」

「吼！」雖然空空突然喊了口號，但在場的所有人都異口同聲地響應。我們覺得自己好像被洗腦了，又同時大笑起來，而且在場的大部分人都穿著戲服，所以覺得超開心、超開心。同時，還有一個為升學問題煩惱的我，雖然我知道這樣舉棋不定很不像我的作風，但這種狀態真的讓我頭昏眼花。

王八蛋！如果可以像看到翹翹板一樣，能夠看到走哪一條路對自己是正面還是負面就好了。我連男朋友或是朋友的事都沒這麼煩惱過，可見升學問題真的是強敵。

「三木，妳這張臉，是想要幹掉誰嗎？要不要我幫忙？」

「……英雄怎麼會做這種事！」

如果我點頭，空空搞不好明天就會寫好殺人計畫。我不理會她，在鞋櫃前匆匆換上了樂福鞋。我先走一步，來到門口時，看到班上的幾個女生都等在門口，還沒有離開。我和空空剛才去歸還禮堂的鑰匙，她們似乎正在等我們。

「對不起，在等我嗎？」

「才不是呢。我們剛才在聊，他們兩個人看起來關係超曖昧！」

我順著那個女生手指的方向看去，發現阿塚和阿京正準備走出校門。他們並肩走在一起，看起來感情很好。雖然在他們身上看不到特別興奮雀躍的感覺，但如果聽不到他們聊天的內容，會覺得他們是交往多年的情侶。今天服裝組很早就結束了，阿塚應該特地留下來等阿京。

「雖然他們是朋友，但搞不好雙方都互有好感，只是難以啟齒的話，該怎麼辦啊！」

我想起說話的那個女生有這方面的興趣，一邊笑著，一邊想起我昨天也說過相同的話，而且是當面對阿塚說。

「不，阿京喜歡女生，他也有很男生的一面。」

從後面追上來的空空突然這麼說，看來空空也很看好阿京和艾蒙這一對。

「我只希望我的徒弟可以多一點勇氣。」

「呵呵，妳說話真囂張啊。」

空空自從暑假收阿京為徒之後，就一直擺出一副師父的態度。聽到大家都起鬨叫她「師父」、「師父」，她似乎很開心，竟然在大馬路上跳起了舞。這天就在這種荒誕的高潮中結束了。

隔天就是文化祭的前一天，雖然準備期間有整整一個多月，但好像只有一眨眼的工夫。空空仍然不穿內衣，又說是什麼少女的秘密，所以我就捶她的肩膀，只是我控制了力道，所以並不會痛。一切似乎都很順利。

沒想到就在這時出了大問題。演反派頭子的男生騎腳踏車跌倒，手臂骨折了。

那個男生在電話那頭拚命道歉，空空完全沒有責怪他「我不是再三提醒你們要多小心嗎？」反而搞笑地說：「你運氣還真好，竟然在這個時候跌斷了手。你手斷了，沒辦法吃冰淇淋，我代替你吃，三個哈根達斯喔。」然後就掛上了電話。「現在該怎麼辦？」我代表擔心的眾人發問，空空一臉呆呆的表情說：「我演就好了啊。」

雖然其他人都擔心不已，但空空的心靈翹翹板開心地打著轉，那天的排練出了幾個小差錯，但基本上很完美。而且並不是空空犯下那幾個小差錯，而是其他同學。空空演的反派頭子簡直完美無缺。劇本和台詞都是空空寫的，她也負責指導每個人的演技，問題是之前她從來沒演過這個角色。

「我這個人走盡人事路線，只要自己力所能及的事，都會事先做一遍，所以我在家裡練習了所有人的角色。」

空空戴上耳麥時，也完全沒有害怕的樣子，大家忍不住感到佩服，空空露出還是讓人難以猜透她在想什麼的表情說道：

「三木，幸好不是妳不能演。」

「……對啊。」

我非常同意空空的話。我相信她可以演所有的角色，唯獨英雄的角色演不了。空空雖然是只要是自己力所能及的事，都會事先做一遍，走什麼盡人事的奇怪路線，無論在課業還是興趣方面都絕對不會懈怠，而且努力也都有相應的成果。雖然乍看之下是腦袋空空的完美少女（這是她自己說的），但其實並沒有這回事。空空的運動能力差到令人絕望，演英雄角色必不可少的踢腿對她來說比登天更難。

「我和三木還要再練習一下打鬥的場面，宮里，不好意思，雖然很突然，但還是麻煩妳改一下袍子的尺寸。」

「好。」

事到如今，很慶幸為反派頭子設計的服裝是全身黑長袍，手持拐杖，再戴上狐狸面具而已。

「所以，雖然發生了意外狀況，但是別擔心，衰運全被他帶走了。今天晚餐要吃飽，然後泡個澡，好好睡一覺。明天無論發生什麼事，都會很開心。今天就先這樣，解散。」

空空說了一番搞不清楚算不算是激勵的話之後，大家滿懷對明天的期待和不安，紛紛離開了禮堂。其他同學一個、兩個離開了，只剩下我們兩個人，寬敞的空間不只是冷清而已，而是超可怕。雖然平時經常來這個禮堂，但其他人都離開後，開始感到很不安，甚至不知道自己該站在哪裡，而且空氣好像變得稀薄了。這是怎麼回事？

「空、空空，我們趕快練完就走吧。啊，對了，妳明天不要又不穿內衣了。」

「嘿嘿嘿，這就難說了。」

看著空空不懷好意，卻又傻傻的表情和胸前轉個不停的翹翹板，我內心的不安也消失了。喔喔，沒想到空空那股讓人覺得煩惱很愚蠢的力量，會在這種時候發揮了作用。

打鬥的排練順利結束，基本上都是我在做各種動作，反派頭子只是配合我的動作甩動拐杖，只要記住動作的順序就好，就連五十公尺要跑十三秒多，讓我們大吃一驚的空空也能夠勝任。

「三木，妳簡直完美無缺，接下來就等我在明天之前，好好培養壞蛋的心情，我會把討厭的胡蘿蔔全都剩下來。」

「真沒出息。」

我們擦著汗，脫下運動服，換上了制服，為瀰漫著制汗劑味道的禮堂鎖上門，一起去教師辦公室還鑰匙。

教師辦公室明亮的燈光灑到昏暗走廊上，我們來到辦公室門口時，老師剛好走出來。

「老師，鑰匙還你。」

「要說敬語。」老師一邊說著，一邊接過了鑰匙。

「對不起。」我們笑著說。

「回家的路上要小心，三木一旦得意忘形就很危險，期待你們明天的演出。」老師為我們加油。

「包在我身上，我會表現出最帥氣的一面。」

「我說妳啊！」我和空空飛快地逃走了，身後傳來老師怒中帶笑的聲音。

我很容易得意忘形。我很快就後悔，當老師說這句話時，我應該認真聽，而且該提醒自己注意。

我一覺睡到天亮，吃早餐時，還添了第二碗飯，身體狀況無懈可擊。上學路上遇到同學時，每個人都說很緊張，但我今天起床之後就情緒高漲。在鞋櫃前脫下鞋子後，踢了阿塚的後背一腳。嗯，狀況很不錯。

空空是召集人，我想她今天應該會緊張，所以一大早就向她打招呼，但不知道是否像她昨天預告的那樣，認真培養了壞蛋的心情，她的眼神空洞，第一人稱竟然變成了「吾輩」，所以我硬把便當裡的胡蘿蔔塞進她嘴裡，總算讓她恢復了正常。

「山姆，妳超厲害。我從昨天就開始超緊張，晚上也沒睡好。加、加油！」

可愛的艾蒙雖然不需要上台演出，但竟然比我們更緊張。她讓空空試穿了改好的衣服，尺寸剛剛好。原本要演壞蛋頭子，卻不小心骨折的那個男生一臉歉意地走進教室時，阿塚和其他男生就圍住了他，在他的石膏上亂塗鴉。誰叫他不小心，這樣的懲罰剛剛好。

負責音響和燈光的同學，還有空空早上就去體育館做最後確認。空空回來後告訴我們，體育館的窗戶都掛上了黑幕簾，在我們上台表演之前，舞台轉暗的時候，舞台的兩側會比平時更暗。但我們基本上會在燈亮之後才開始活動，所以並沒有問題。

服裝和道具都已經搬去體育館內的器材室，所有準備都已經就緒！接下來就只等我們帥氣上台表演了。

早上的班會課結束後，我們整齊地在走廊上排隊，依次走去體育館，但當然不可能保持安靜。興奮和緊張在每個人的身體內翻騰。

「真期待啊！」

我轉頭對按學號排在我後面的艾蒙說，她眨了好幾次眼睛，用比平時更響亮的聲音說：「加、加油！」結果兩個人都挨了走在後面的老師的罵，但根本沒辦法平靜我們內心的慌張。

來到體育館前，用力吸了一口氣，一踏進體育館，發現館內充滿了和平時不一樣的空氣。除了期待、緊張、不安和興奮，最重要的是，心跳顫動了體育館的空氣。大家的心都很緊張，所有人的翹翹板動向都和平時不一樣，忙著時而倒向正極，時而倒向負極，只有一個人，只有空空和平時一樣，她的翹翹板不停地轉動。

不錯喔，不錯喔。簡直太棒了。

今天的節目由各個社團先上台表演，有舞蹈、樂團和合唱，在各班表演的劇目結束之後，再由戲劇社壓軸。我們學校的戲劇社歷史悠久，每年表演的音樂劇都很叫好。這次在我們班負責音響和燈光的組長，也是戲劇社的成員。因為她的大力協助，讓空空的劇本更引人矚目。在戲劇社的節目中，她也會上台表演，所以也很期待。

我們在按班級分配的座位坐了下來，在開場致詞後，節目就開始了。

舞蹈、樂團和合唱都很出色，也有認識的其他班同學參加演出，所以看得很開心，但內心更期待自己在舞台上大顯身手。

社團的表演結束後，體育館內掌聲如雷。接下來是選擇舞台表演的五個班級依次表演。十五分鐘休息時間時，最先表演的班級開始做上台的準備工作，接著表演的班級也必須在器材室做準備。我們就是第二個表演的班級。體育館有兩個器材室，男生和女生可以在不同的器材室準備，但因為無法一下子擠進太多人，所以要上台表演的人先在器材室換衣服。道具組和服裝組的人要等最初表演的班級表演完畢，表演的人回到舞台側邊，幕簾拉起的時候，俐落地在舞台上佈置。在昨天之前，他們已經做過充分的練習。

當我們這些表演的人站起來時，班上的同學紛紛對我們說：「加油！」「期待你們的演出！」原本只負責舞台佈置的空空伸出了拳頭，那個原本演反派頭子的男生也伸出另一隻沒有骨折的手，兩人的拳頭互碰了一下。空空接收了他的心意，然後走去器材室。無論是走去器材室的人，還是等待的人，大家的心靈翹翹板都在正極和負極之間拚命擺動。

器材室的酸臭味，讓在中學時參加田徑隊的我感受到比賽前的心情。

「艾蒙太厲害了。」

我在英雄服外面套了寬鬆的運動服，聽到身後扮演粉領族的同學說話的聲音。

她說的是這件英雄服。這是艾蒙按照空空的要求，並聽取了我的意見之後設計完成的。雖然花光了我們班分配到的預算，還讓老師出了錢，但這是服裝組精心製作、努力的結晶。

「呵呵，妳現在才發現艾蒙的厲害嗎？」

「山姆，她又不是妳培養出來的。嗯，但以前真的不太清楚。她最近終於開始和大家說話，這倒是妳的功勞。」

「艾蒙說，她要去讀學服裝設計的大學。」

「太適合她了。」那個女生說這句話時，剛才去男生使用的器材室的空空走了進來。我拿著只遮住嘴巴的帥氣英雄面具，走向還穿著制服的空空。

我正想對她說話，第一個劇目剛好開演，只聽到熱烈的掌聲。當我回過神時，空空的拳頭已經打在我的心臟上。

「三木，拜託囉，成敗取決於妳。」

空空一臉傻笑，我也把拳頭伸向她的胸口。

「交給我吧。」

二十分鐘後，最先表演的班級，三年級的學長姊演的《小王子》結束了。我很喜歡這個故事，原本很想看他們的表演，但落幕之後，就立刻忘了這件事。我們跑向舞台側邊時小心翼翼地遮住戲服，其他人忙著在舞台上搭佈景。

站在舞台側邊，有的人深呼吸，有的人甩動手腳，放鬆內心的緊張。扮演路人的阿京站在我旁邊，他的翹翹板擺動不已，就像平時和我說話時一樣。

不一會兒，舞台上空無一人，擔任主持人的學生會成員走進幕簾內向我們確認。終於快開始了。我們要在這二十分鐘的時間內展現這一個月來的成果。

「接下來是二年一班的英雄劇，請各位務必帶著回到小時候的心情，好好欣賞。」

廣播響起，接著，所有的燈光都暗了。

等一下幕簾才會打開，燈光才會亮起。黑暗突然降臨，什麼都看不到，完全看不到別人的臉和翹翹板，真的是一片漆黑。

觀眾席傳來竊竊私語聲，更襯托了體育館內的寂靜，也讓我知道一件事。

自己的心跳比平時更大聲。

啊，慘了，我、有點緊張？

當我回過神，發現地面好像變得軟綿綿，後背流著冷汗。

好久沒有體會過這種感覺。這是、緊張。

啊，我決定了成敗，我是英雄，竟然這麼緊張。慘了。

雖然不會馬上輪到我上場，但我沒問題嗎？我沒問題吧？誰快告訴我，我沒問題……

「沒問題。」

黑暗中，我清楚聽到這個聲音。

當我回過神時，發現冰冷的手指握住了我的左手。那隻手沒有空空那麼硬，但粗糙而富有彈性的堅硬手指握住了我的手指。

是誰的手？在我確認之前，那隻手就鬆開了。數秒之後，黑暗消失，同時，三個扮演路人的同學走上舞台。

左手感受著殘留的體溫和微微的顫抖。當我握緊時，緊張就消失不見了。不，不對，緊張還在這裡，但當我握在手心，正漸漸變成不同的東西。

啊啊，這樣應該沒問題了。

我用左手用力握住內心湧起的東西，默默向已經站在舞台上的背影道謝，但對一個男生來說，那個背影顯然太瘦弱了。

既然已經把緊張變成了助力，接下來就穩操勝券了。

表演和練習時一樣，一切都很順利。

音響和燈光由戲劇社的高手負責，完全不用操心。

手拿麥克風站在前方負責旁白的男生也是廣播社的，口齒清晰流利。

負責表演的同學似乎也都成功地把緊張變成了助力，最初出現在舞台上的路人舉止，以及被怪物攻擊的那幾個粉領族的對話，都和練習時一樣。

這時，我和空空，還有另一個女生扮演的女高中生上場。雖然我們對話的內容很普通，但不時夾雜的老套笑點也成功引發了笑聲。太好了。

前半部的日常部分，在談話中暗示有英雄和一群壞蛋存在，同時還必須埋下伏筆，透露出壞蛋有可能就在好人中。而且，還在一般民眾中安插一眼就可以看出很可疑的傢伙，誤導觀眾，但其實空空戴的護腕上，和那些壞蛋穿的緊身衣上都有相同的符號。空空認為最好讓觀眾發現這個玄機，所以故意秀出她的護腕。

接著，燈光變暗，奇怪的音樂響起。身穿緊身衣、扮演壞蛋的男生上場。女高中生尖叫起來，當她們即將被打手擄走時，終於大喊著英雄的名字。但是，英雄並沒有立刻出現。

其實這時候，空空還留在舞台上，只有我一個人走下舞台。在舞台旁脫下了運動衣，把裝飾品佩戴在原本穿在運動衣裡面的英雄衣上。這時，旁白的男生要求觀眾跟著一起喊。在我戴上面具，做好萬全的準備時，觀眾很配合地一起喊著英雄的名字。這時，我就上場了。

我一上場，就接二連三地把打手一個一個摞倒在地，保護身後的一般民眾，打倒壞蛋。呵呵，太帥了！

當我用模仿特技的動作擊敗所有的壞蛋時，雷聲突然響起。全班個子最高的男生扮演的怪物從舞台旁走上場，身上的裝飾顯示這個怪物很厲害。大家都感到害怕，只有我勇敢迎戰。雖然一度陷入苦戰，但最後終於靠豐富多變的攻擊，擊敗了怪物，那些打手也連滾帶爬地一哄而散。

城市終於又恢復了和平！當觀眾這麼以為的時候，不知道什麼時候消失的空空在舞台旁發出大笑聲，接著上場的是真正的壞蛋頭子，但其實正是空空扮演的。我看到自己的朋友竟然是敵人，忍不住慌了手腳。原本打算走悲戀的路線，所以安排男生來扮演這個角色。只不過現在也沒辦法了。英雄發現至今為止，和朋友之間的相處都是對方在演戲，忍不住悲傷不已，但是，為了和平，必須向壞蛋迎戰。

壞蛋頭子的確有兩下子，配合音樂揮動的拐杖擋住了我所有的攻擊，然後用奇怪的妖術把我打倒在地。英雄危在旦夕。

這時，扮演一般民眾的人都喊著英雄的名字。接著，旁白邀觀眾一起加入。我從配合度很高的觀眾的叫聲中獲得了力量，再度站了起來，在音響和燈光充分發揮效果後，大喊著招數名字，奮力一踢！

空空事先告訴我這時候該注意的點。「要毫不留情！」我毫不留情的飛踢踢中了空空預先裝了保護墊的肩膀，她滑稽地倒在地上。

壞蛋頭子說完最後的台詞，被幾個壞蛋拖下舞台，只留下狐狸面具。周圍的人見狀，立刻歡呼起來。旁白強迫觀眾一起鼓掌。

這時，我必須發揮有點複雜的演技。我打倒了壞蛋，但英雄無法發自內心地感到高興。想到朋友竟然是罪惡的化身，自己親手打倒了朋友，就不由得煩惱。必須背負這份悲傷，享受眼前的和平。用空空的話來說，就是我們日本人一直以來，都毫無自覺地、不負責任地享受著必須把責任推卸給他人才成立的和平，這是對所有日本人敲響的警鐘。我的演技必須能夠傳達這種訊息，所以有點難度。

總而言之，最後，留在舞台上的人深深感受眼前的和平多麼寶貴，分享這份喜悅，由我說出那段經典台詞就結束了。

這就是我們這次創作的英雄劇。

此時此刻，終於輪到我說最後的台詞了。

我站在舞台上，聽著粉領族說台詞，放鬆了肩膀的力氣。

現在終於可以安心了。最緊張的場面已經結束了，我在排練的時候，這部分也從來沒有出過差錯。

難以想像剛才在舞台旁時，竟然會那麼緊張。

我輕輕吐了一口氣，以免耳麥把聲音傳出去，終於能夠帶著輕鬆的心情觀察周圍了。在這一刻之前，我真的超專心、超投入。

我瞥了一眼舞台側邊，看到空空露出滿意的笑容。我又看向觀眾席，發現艾蒙一臉擔心地握著雙手。阿塚笑嘻嘻地看著舞台，舞台上都是我最愛的同學，還有剛才帶給我勇氣的『路人B』，因為他沒有台詞，所以甚至沒有戴耳麥。呵呵。

啊啊，怎麼回事？

這一個月太開心了。

我在舞台上突然這麼想。也許是被空空的唐突感染了。

我突然覺得自己好幸福。

我的同學真的都超厲害，無論服裝、佈景、燈光，如果沒有大家的才能、努力、堅持和毅力，根本不可能做到。我身邊都是這樣的同學，能夠完成這齣戲，我真是太幸福了。

而且，如果不是空空有強大的野心，也就沒有這齣戲的誕生。

雖然她平時很隨便，真的腦袋空空，但是我太害羞了，絕對沒辦法在她面前說這些話……

她完全知道自己想要做什麼，而且會毫不猶豫地努力完成。

相較之下，我知道自己最近整天都猶豫不決，變成一個很無趣的人。

就連對自己的未來也舉棋不定，整天煩惱，無法做出決定，許許多多正面和負面的想法在腦海中翻騰。

啊啊，如果我也能夠像其他人一樣，就可以帥氣地朝向自己的目標永往直前。

「…………………………………………」

「……啊？」

這時，我才終於發現自己做了難以置信的事。

難以相信。

我、竟然在發呆。

我還站在舞台上，竟然陷入了沉思，忘記了一切，只是在那裡發呆。

身旁的同學忍不住戳了戳我的肩膀，但在那之前，我完全沒發現輪到我說台詞了。

嗚哇，慘了。怎麼會在這種時候出差錯？

我慌忙打算透過耳麥說出自己的台詞。劇本上只有短短三行，那是預告整齣戲落幕的最後台詞。

不行不行，我必須趕快說。因為這齣戲舉足輕重，關係到全班的回憶和空空的夢想。

因為舉足輕、重……

（山姆？）

身旁的同學擔心地用眼神發問，我知道，該輪到我說台詞了。是我的台詞……

說最後的台詞時，必須面對觀眾大聲地說。我先想到這件事，將原本半側的身體轉向正面，於是看到了照在自己身上的燈光。

就在這個瞬間。

以前從來不曾有過這種經驗。

燈光好像一直照進我的腦袋。

我的腦筋一片空白。

「……呃、呃…………咦？」

我覺得自己好像掉進了一個坑洞。那是沒有盡頭的光亮坑洞，一旦掉落，就永無止境。雖然我拚命、拚命把手伸向記憶，伸向回憶，卻一直往下掉落，完全抓不到任何東西。

啊、啊啊啊、啊啊，咦、啊、啊啊，我要說什麼？

我沉默太久，可以感受到舞台上其他人的焦急。這份焦急傳向觀眾席，觀眾席騷動起來。我的五感變得格外敏銳，可以聽到觀眾席的嘈雜聲。「怎麼了？」「忘了台詞？」「這時候忘詞？」「太可惜了。」

等一下，不是、不是這樣，不是這樣，我記得，我都記得，因為我之前練了那麼多次。

趕快、趕快、必須趕快說點什麼。我知道！

雖然我知道，卻想不到要說什麼，想不起該說什麼。

不行，不行，不行。

這齣戲要成為大家的回憶。

這齣戲關係到空空的夢想。

這樣下去，一切會被我毀了。

雖然我知道這些，卻說不出一句話。

為什麼？怎麼會這樣？

不知道是否因為實在擠不出一個字，不知道卡在喉嚨的話是不是跑去了眼睛，我竟然流下了眼淚。

『三木一旦得意忘形就很危險。』

啊啊，為什麼偏偏在這種緊要關頭…………？

腳下的地面又變軟了，而且比剛才更軟。我的雙腳無法用力，好像隨時會癱軟在地上。

不能倒下，絕對不行！

雖然我用盡全身力氣站在那裡，但是……老實說，真的差一點癱軟在地上。

這時，有人從旁邊撞了過來，扶住了我，所以我才沒有倒下。

我在恐慌中轉頭看向抱住我的人。在一片比剛才更嘈雜的聲音中，滲進耳朵的那個聲音傳遞到大腦。

「三木，沒問題的，妳不必擔心，只要深呼吸就好。」

「……空空？」

我這時才知道，空空衝過來抱住了我。

空空已經拿下了耳麥，所以只有我脫口說出的話響徹整個體育館，但是，我還沒有意識到這句話毀了整齣戲。

我只知道空空現在不能出現在舞台上。

「不、不行啊，空空，妳不能上來。」

「嗯？」

「笨蛋，這樣會毀了妳的夢想，還有大學和妳的目標，翹翹板會轉向負極。」

連我也不知道自己在說什麼，但是，整個體育館的人都聽到了我說的話。觀眾可能都發現我陷入了恐慌，所以整個觀眾席都安靜得可怕。

所以，空空說的話，也透過我的耳麥傳了出去。

「因為妳在哭啊。」

她在說什麼啊？

「這不重要，妳的夢想才——」

「如果朋友有難，我還在算計自己的利害得失這種複雜的事，一定會變笨蛋。」

不對啊，通常是無法思考複雜的事，才是笨蛋……

空空不知道我的想法，緊緊抱住了我，然後，用只有我能聽到的聲音說了一句：「交給我吧。」穿著長袍，大步走向旁白的同學。她到底想幹什麼？她打算怎麼收場？我正感到納悶，看到空空從旁白的同學手上搶過麥克風，面對觀眾說了起來。

「各位同學，很抱歉，有一件事，我們必須向大家道歉。」

對不起，全都怪我……

「對不起，我們剛才在表演。」

我們當然知道啊。所有人的頭上應該都冒出這句話。我當然也不例外。

所以，我相信這一刻，沒有人知道空空想要說什麼。

「我們剛才在表演。有一次我想到，這個世界紛爭不斷，除非把某個人視為強大的壞蛋，否則大家就不可能團結一致，於是，我只好把自己當作是罪惡的化身，和強大的人類為敵。但是，我同時認為，當人類打倒壞蛋之後，需要一個領導者帶領所有的人類，所以，我硬是拜託我的朋友，請她扮演正義的使者。按照原本的計畫，她打敗我之後，我就再也不會出現在觀眾面前，但是，她不忍心讓我一個人扛下所有的責任，我也不忍心看我的朋友獨自悲傷。我們的計畫失敗了，我們的天真正是造成失敗的原因。我們是假英雄和假壞蛋，但是，請各位思考一下，下次真正的壞蛋出現時，會有真正的英雄出現嗎？如果我們現在不團結一致，或許就來不及了。這齣戲就是這樣一個故事。」

空空說完，古典音樂的結尾曲響起，燈光漸漸暗了下來，最後變成一片漆黑。幕簾落下，一個、兩個觀眾略帶遲疑地鼓掌，最後變成了充滿確信的熱烈掌聲。

「這齣戲就是這樣一個故事。」這句關鍵的話原本應該由我來說，宣告整齣戲落幕，但整段內容和空空剛才切入的角度不同，她剛才說的是劇本中完全沒有的新台詞。

我突然想到，空空該不會預料到我會失敗，所以還準備了備用的結尾？我既感到抱歉，又感到難過，拿下了耳麥，在黑暗中用顫抖的聲音向空空說了聲：「謝謝。」

「啊！」空空發出了奇怪的叫聲後說：「沒想到即興表演也沒問題嘛。雖然我搶過麥克風，但那時候其實完全沒想法。」

真的假的。在那種狀況下，毫無準備，就做了這麼大膽的事，她果然腦袋空空。那種狀況完全有可能變得慘不忍睹，到時候她就必須扛起所有的責任。她明明可以把責任推到我頭上。

但是，最後還是成功了。不，不能說是成功，只是不計後果的傻瓜力挽狂瀾，總算讓這齣戲順利落幕了。

啊，我原本不打算告訴她。因為很害羞，而且我也完全不打算取悅她。但是，當眼角剩下的一滴淚水滑落時，那句話也脫口而出。

「空空，妳果然很厲害。」

舞台的燈光為下一個表演的班級打開時，我終於看清楚其他人的臉。每個人都露出安心的表情，我的臉應該慘不忍睹，只有一個人，只有空空一個人滿臉笑容。

她滿臉笑容，胸前的翹翹板沒有傾向正極，也沒有傾向負極，而是不停地轉動。

王八蛋，簡直太帥了。

結束之後，我泣不成聲地向大家道歉。老實說，我哭得很慘，不太記得當時的情況，所以也沒辦法清楚說明當時的情況，但我可以說一下我記得的部分。我記得大家笑著對我說：「原來山姆也會緊張」，也有人安慰我說：

「如果空空沒有上台，妳應該可以說出那些台詞吧！」我那天一直到晚上都超沮喪，東想西想後就睡著了，隔天早上起床後，心情就變好了。反正一直沮喪也沒用。

因為我們前一天很努力，所以星期天就可以好好放鬆，在其他班級設的攤位收攤之前，都可以盡情地玩。結束之後要去車站前的漢堡店慶功，星期一是補休的日子，文化祭真是太棒了。

我和空空、艾蒙還有其他幾個女生逛了很多攤位吃吃喝喝，中途看到阿塚在他們社團的攤位時，也沒忘了調侃他。我和空空要求他多給我們一些時，他竟然只給沒吭氣的艾蒙四層的格子鬆餅，簡直就像是民間故事的劇情。我在付錢的時候忍不住用拳頭打向他的肩膀。

包括這些事在內，我玩得很開心，但因為某些原因，我暫時離開了那幾個女生。

今天無論如何，都要向一個人道謝。我剛好看到他獨自坐在中庭。

我擔心他被誤會，這樣他就太可憐了，所以用委婉的理由離開了那幾個女生，走向正在吃章魚燒的他。

「嗨，阿京。」

我一叫他，他就從椅子上跳了起來，章魚燒差點掉了，我慌忙幫他接住。他用力咳嗽著，他的翹翹板今天也用力搖晃。

「三、三木，怎、怎麼了？妳不是和宮里她們在一起嗎？」

「對，我把她們甩開了。」

「甩、甩開了？啊，那、那有什麼事嗎？」

「嗯？嗯。」

被他這麼一問，我才發現自己要說的事超害羞。

「三木？」

不管了，豁出去了。

「我是來向你道謝的。」

「道謝？」

阿京微微偏著頭。

「嗯，昨天在舞台側邊時，多虧你握了我的手，所以我心情就平靜了。雖然最後還是出了糗，但真的很感謝你。謝謝。」

不知道為什麼，我仍然記得那隻手的感覺。

我已經道謝了。我猜想接下來，我們兩個人應該都會不好意思地笑起來。嘿嘿嘿嘿嘿。沒想到阿京的反應完全出乎我的意料。

阿京更用力偏著頭，露出好像頭上有一個特大問號的表情，然後滿臉通紅，搖著頭對我說：

「我、我沒有握過妳的手。」

「啊？明明握了啊！你昨天不是站在我旁邊？握著我的手，然後對我說沒問題嗎？」

「我沒有握妳的手，但我有說『沒問題』。」

接著，阿京說出了我完全意想不到的真相。

「因為師父對我說，從站在舞台側邊的那一刻，就開始表演了，然後說我應該會很緊張，所以到時候她拍我的肩膀，我就要告訴自己：『沒問題。』我真的沒握妳的手。」

「………」

喔，我瞭解了大致的狀況。

原來是這樣。難怪空空直到昨天，才告訴大家體育館窗戶都掛上黑幕簾這件事，而且事先讓我們摸了阿京的手，還說幸好不是我不能演。

瞭解了大致的狀況後，我突然有一種奇怪的感覺。這是久違的感覺，我竟然會為自己產生的感情原來是誤會感到害羞。

「喔，喔喔，但你那句話帶給我很大的勇氣謝謝你對不起我還有其他事阿塚的攤位應該快收攤了所以你最好快去找他那就先這樣再見。」

我一口氣說完這些話，搞不懂為什麼紅了臉，所以趕緊轉身，不讓阿京看到。阿京，對不起，不是你的錯，真的不是你的錯。

我要先去找空空。

最後，在慶功會之前，都一直沒機會和空空獨處。無奈之下，我只好在解散之後，說要去空空家。

走去空空家的路上，我終於提起那件事。

「啊呀！」空空叫了一聲，「我還以為天衣無縫呢。」

「果然是妳搞的鬼！」

「既然妳已經知道了，那就只能實話實說了，沒錯，是我握了妳的手。」

「但是，那隻手沒有妳那麼硬，而且是右手。」

「我不是說了嗎？為了教他，我從頭練習了一遍。」

空空把右手伸到我面前，的確和當時摸到的感覺一樣。

「我為了配合阿京那個左撇子，也練習了左手。因為我和他差不多時間開始練，所以硬度也差不多吧。」

「真的欸。不不不，雖然我不知道妳這麼做有什麼目的，妳該不會是因為知道阿京不知道怎麼和我相處，所以幫他克服？」

空空面無表情地附和說：

「差不多就是這樣。」

「既然這樣，讓他直接握我的手不就好了嗎？」

「如果這麼做，根本沒辦法演戲了吧？」

「我聽不懂是什麼意思。」

我偏著頭，空空露齒笑了起來。

「因為看到專情的人，就忍不住想要助一臂之力。」

「……？啊，說到這個，我想起來了。空空，妳是不是為了要用胸部去貼阿塚，所以故意不穿內衣？」

空空露出驚訝的表情，隨即「啊啊」了兩聲，笑了起來。

「不穿內衣是為了誤導，至於為什麼胸貼他，我不是說了嗎？只要自己力所能及的事，都會事先做一遍。」

空空若無其事地說道，我仔細思考了她這句話的意思，但還是搞不懂。算了，這不重要。遇到空空的事，即使再怎麼努力思考，大部分時候都是白費力氣。

啊，對了。

「對了對了，空空，我決定去讀文學院。雖然老師說，畢業之後很難找工作，但這種事到時候再煩惱。」

「那是妳想做的事？」

「嗯，我喜歡古典文學。」

說出自己喜歡的事，就會很自然地露出笑容。空空雖然沒有笑，但一臉嚴肅的表情點了點頭。

「那就好，人生這麼短，光是自己想做的事，就沒有足夠的時間去做了，根本沒時間去做自己不想做的事。」

空空好像很懂似地帥氣說道。看到她的樣子，我好像終於知道為什麼空空看起來和別人不一樣。

「空空，原來妳才是英雄。」

雖然這句話很無厘頭，也和剛才說的話完全無關，但空空什麼都沒問，只說了一句：「妳才是啊。」

空空胸前的翹翹板今天也轉個不停。

我覺得簡直就像是以前嚮往的英雄變身腰帶。

小1禾2必3宓4山

看著身穿學校規定的制服大衣走在機場內的同學，發現他們的心跳節奏比平時快很多。

原來是這樣。看來大家對修學旅行這個活動感到很興奮。

One、two、three、four。One、two、three、four。

我心頭的四個數字維持著和平時相同的節奏。

即使遇到快樂的事或高興的事，我的心始終不變。

我具有能夠看到別人心跳的能力，也可以觀察自己的心跳，所以養成了讓心跳維持一定節奏的習慣。這種習慣讓我保持冷靜。

應該有人認為冷靜是優點，但其實錯了，我只是一個冷漠的人。我自虐地這麼想，但也同時再次確認自己和別人不同，是一個特殊的人，結果一大早就覺得很煩。

來到集合地點的大廳，立刻看到了班上的同學。他在那裡發呆，我只好主動向他打招呼。

「早安，王子，今天心情可好？」

「……喔，空空，早安。我才不是什麼王子，但心情很好啊。」

「那真是太好了。」

我在說話時，向並排站在我身旁的他靠近半步，兩個人的手臂碰在一起。

這當然不只是肢體接觸而已，這幾個月來，我一直使用他公開聲稱很喜歡的洗髮精，所以希望洗髮精的味道可以刺激他的嗅覺。而且，據說男人都喜歡嬌小的女人，這個舉動也是希望他注意到我和他之間的最萌身高差。

但是，和平時一樣，這些行為毫無效果。

王子一如往常地保持平常心。我看著他胸前浮現的數字節奏，忍不住想道。

我就是不喜歡你這種地方。

雖然我不會為修學旅行心跳加速，但也有喜歡的人和不喜歡的人。他就是我不喜歡的同學代表。

他是班上的紅人，大家都叫他阿塚。

但是，我並不是因為他個子很高、五官很端正，或是運動能力很強這些理由討厭他。

只是因為他的心跳節奏和我的很像。

只有我知道他的本性。

無論他臉上的表情多麼興奮，無論他說自己多高興，但除了條件反射和運動以外，他的心跳節奏不會有任何改變。他和我一樣，內心冷漠而混濁，我不可能喜歡這種人。

雖然我知道應該沒有效果，但反正即使無效也沒什麼損失，所以我打開他雙排釦短大衣鑽了進去。

雖然我花了一點時間做這件事，但王子沒有阻止我，聽任我的行為。「空空，妳在幹嘛？」

「因為很冷啊。」
果然不出所料，即使我們的姿勢很像肉麻情侶，他的心跳節奏也沒有任何變化。我死馬當活馬醫，改變姿勢，抱住了他。
雖然在這麼做之前，以為這一招也不可能有效，沒想到心跳的節奏亂了。
但不是他的心跳。
他胸前傳來的聲音，打亂了我心跳的節奏。
叮鈴。
我聽到這個輕微的聲音，立刻離開了他的身體。
看到他微微偏著頭，我感覺到自己心跳加速，但立刻讓心跳恢復平時的節奏，而且故意裝出很驚訝的表情，試探他的反應。
「鈴鐺聲。」
在我的聲音傳入他耳朵的瞬間，發生了和我心跳加速同樣難得一見的事。

露出燦爛笑容的王子的心跳也加快了速度。也就是說，他胸前的鈴鐺具有重要的意義。

我要從他嘴裡問出真相。

「怎麼會有鈴鐺？」

「哎……沒有啦。」

我原本期待他會不小心說出口，但他口風很緊，沒有繼續說下去。

「該不會是三木……？」

我繼續追問。因為只要說出特定人物的名字，可以從他的反應中掌握一些線索。

但是，他的心跳沒有任何變化，看了我背後一眼，開玩笑說：

「不，嗯，這是秘密。妳還是先看看後面。」

秘密？他說是秘密？後面？

「早安！空空！咦？怎麼了？妳好像沒精神，我們要去南方島嶼了啊！」

身後傳來很有精神的招呼聲，同時被人從背後抱住，我的疑問也被拋向了空中。她鬆開了用力抱住我的雙手，我終於可以轉過身，發現在二月的嚴寒中，其他人都戴著毛線帽和圍巾，我心愛的好朋友竟然戴著寬簷草帽。

「三木，早安，這麼冷的天氣戴草帽真是新潮啊，好土喔。」

「哪有啊！圍巾和毛線帽絕對用不到。我們要去南方、南方啊！」

三木興奮地搖晃著我的肩膀，她的心跳比在場的所有人都更快、更有力。

只要看到她，我的嘴角就忍不住上揚。

既然有不喜歡的人，當然就會有喜歡的人。

三木是我心愛的好朋友。

她這個人傻傻的，做事經常不經大腦，而且視線很狹窄。不，如果聽到我這麼說，她一定會生氣。

總之，她和我不一樣，是無論遇到任何事都會動心的好人。

我很嚮往像她那樣的人，雖然我知道自己不可能成為像她那種人。

「我超喜歡這樣的妳。」

「幹嘛突然說這個！但是，呵呵，謝謝。啊，早安！」

三木看到另一個朋友，立刻跑向五十公尺外的那個朋友。宮里正無精打采地走過來，聽到三木在遠處大聲打招呼，肩膀忍不住抖了一下，然後露出溫柔的笑容。

我趁這個機會把剛才拋向空中的疑問拉回腦袋，打算質問王子，但有很多朋友的他跑去和同學聊天，我對他比平時更加心浮氣躁，但也只好帶著這種心情搭上了飛機。

兩個人的緣分，都是由不知道躲在世界上哪個角落的神明這個傢伙決定的。

比方說，外表或是地位，還有邂逅的機緣往往成為最重要的因素，而且大部分人都無意識地、而且簡直致命地甘於這種狀態。身高的高矮、學校的排名名次，或是有沒有長時間相處，有沒有朋友。人往往靠這些要素，輕易判斷和他人之間的關係。

我不希望心愛的三木也變成這種人。

因為雖然我討厭活在複雜思考中的自己，但我更想相信這樣的自己。心意才是決定人和人之間關係最有力的手段，而且應該超越所有的事物。

我向來這麼認為，所以這幾個月來，都在為了一個男生專情的戀愛開花結果而努力。沒錯，不瞞各位，那個男生戀愛的對象就是我心愛的朋友三木。我可以保證，他的單戀絕對不是一時性的衝動。

起初我決定在一旁默默守護。以旁觀者的身分守護，以免發生交友不慎的情況，只是偶爾把三木說的話透過別人轉達給他聽，但因為太沒有進展，所以我就出手協助，還安排了讓他們兩個人單獨相處這種老招數，沒想到竟然也毫無進展。照目前的情況發展下去，三木可能會因為兒時玩伴這種無聊的理由，和王子慢慢走在一起，我向來都走盡人事的路線，所以在無可奈何之下，決定出手排除王子。

如何排除王子？我認為最簡單的方法，就是我先逮住他。也就是說，讓他對我產生好感。

我試了很多方法。我調查了王子前女友的髮型，然後也去剪了類似的髮型，還曾經用胸部去貼他，吃飯的時候，故意和他吃相同的食物。到目前為止，所有的計謀都沒有效果。

當然，在這次修學旅行時，我的攻擊也不會鬆懈。只不過事到如今，情況發生了變化。

他身上有鈴鐺。這個東西有點棘手。

那個鈴鐺對於我們和屬於其他團體的人有不同的意義，所以必須說明一下。

我們學校有一個代代相傳，但簡直讓人反胃的甜蜜戀愛魔咒。

這個平庸的戀愛魔咒，就是在修學旅行時，兩個人單獨在一起時，只要把鈴鐺送給對方，兩個人就可以一直在一起。

到底怎麼會有這種都市傳說，因為和這件事無關，所以就省略不說了。到底有沒有效果這種事根本不重要，但把鈴鐺送給對方，就等於向對方表達了心意，這件事才有意義。

不管他打算把這個鈴鐺送給誰，或是誰送了他這個鈴鐺，總之，王子身上有一個鈴鐺。

而且，他看到三木後，避開了這個話題。如果只是收到其他班女生的鈴鐺，可以不必理會，可惜的是，我認為和三木有某種關係的可能性相當高。

必須解決這個問題。當然，絕對不能把事情鬧大，否則會讓三木和王子更在意對方，結果反而撮合了他們。

我無法原諒內心那麼冷漠的人，奪走三木熾熱的心。

「有人送我的王子鈴鐺嗎？」

看到王子和社團的男生在一起時，我毫無預警地從後方摟住阿京的肩膀，他的心和身體都顫抖起來。

「嚇我一大跳。啊啊，妳是問阿塚嗎？我沒聽說，但他即使收到鈴鐺也很正常啊。」

「是三木給他的。」

阿京一臉平靜的表情走在平和祈念公園，聽到這句話，心臟就像被丟了炸彈一樣馬力全開。

「騙你的啦，但搞不好以後就會。」

「呃，嗯，啊，是喔，嗯。」

其實他從來沒有親口告訴我他對三木的心意，但即使我沒有目前的能力，也早就看出來了。

為了自己喜歡的人，他的心活動得如此劇烈，我很欣賞這樣的他。

「師、師父，妳要給誰嗎？」

我也是教他吉他的師父，因為覺得好玩，所以要求他平時也這麼叫我。

「阿京，你有帶鈴鐺來嗎？」

「不，我沒有。」

「師父命令你，馬上去買，在修學旅行結束前，一定要送給三木。」

阿京的心跳更快速了。他可能想像了送鈴鐺給三木的情景。光是想像一下，他的心跳就像全速奔跑一樣，如果事到臨頭，他會昏倒吧？

即使他會昏倒，也必須把鈴鐺交給三木。

三木這個人，一旦升上三年級，一定會開始專心讀書。雖然她的缺點是視野很狹窄，但在關鍵時刻可以隔絕不必要的資訊，這也成為她的優點，所以至少必須趁現在向她表明心跡。

「別擔心，只要你大膽去追，三木就會答應。」

事實上，我的確這麼認為。她和我不一樣，像她那種古道熱腸的人，一定會回應別人強烈的心意。如果阿京是那種無視三木的心意，想要死纏爛打的笨蛋，我就把他丟進鈷藍色的大海，但他是那種會自己退縮，走下擂台的人，所以必須在他背後用力推一把。就像現在這樣。

「三木！阿京說！」

我大聲叫著，三木立刻跑過來問：「什麼事？」我身旁的阿京一臉複雜的表情。

「阿京怎麼了？」

「嗯，阿京說他好……他說不知道君子好逑是什麼意思，妳來教他。」

我向阿京使了一個眼色威脅他，然後先離開了。我會根據不同的目的，故意嚇別人。人在心跳加速時會失去冷靜，有時候，人不冷靜反而比較好。尤其是阿京，在衝動之下採取行動比較好。

把他們兩個人留在原地後，我說著無腦的話，加入了剛才和三木在一起的那群女生。

空空這個綽號是心愛的三木為我取的。

我天生具備有辦法加速別人心跳的能力，所以希望成為一個為別人帶來刺激的人，在這件事上找到了一點自尊心。我經常做一些讓周圍人心跳加速的行為，沒想到有一天，就被取了這樣的綽號。

腦袋空空的空空。

雖然有點諷刺，但我引以為傲，更何況我絕對不能讓別人瞭解我的本性。

而且，這個綽號也為我帶來很多方便。這個世界上，某些人會因為他們的個性，所以行為也會得到眾人的諒解。

那傢伙怪怪的，難怪會做這種事，別理他就好。

我最大限度地利用了空空這個角色。

「所以接下來就是瘋狂告白時間囉！」

「黑田，不要吵！」

修學旅行的第一天晚上，大家在飯店的餐廳吃晚餐時，雖然挨了老師的罵，但我立刻觀察了其他同學聽到「告白」這兩個字時的心跳。有些人的心跳節奏沒有變化，有些人心跳加速。我當然會注意那些心跳極度加速的人，這些人不是在等機會，就是已經告白了。雖然也有像阿京那樣，光是想像就感到害怕的人，不過，男生不重要。

據我的觀察，三木和宮里對我說的話都沒有反應，而且，我所知道的那些和三木、王子關係很好的女生，也沒有人心跳加速。

那個鈴鐺果然是為了以後送別人所準備的嗎？仔細思考之後發現，應該不會有人在修學旅行出發前告白。王子的心跳仍然沒有任何變化，正低頭吃炸蝦。

王子可能發現我在看他，抬頭看了我一眼，露齒一笑。

我很火大，只是沒有把心情寫在臉上。

第一天晚上，至少在我看到的範圍，沒有發生任何狀況。

正確地說，因為我用枕頭丟三木，引發了整個房間的丟枕頭混戰，結束的時候，大家都精疲力竭，還來不及發生什麼狀況就已經睡著了。原來引發戰爭的人會毫無意義地感到疲憊。

我獨自被留在夜裡。

有時候晚上想事情，就會睡不著，所以白天會昏昏沉沉很想睡，被認為是在發呆。今天也一樣。

我在被子裡翻來翻去睡不著，好幾次起身鑽進三木的被子裡，或是喝寶特瓶裡的茶，最後連茶也喝完了。無奈之下，我決定去一樓的自動販賣機買飲料，順便散散心。

我確認同房五個人的心臟節奏都很有規律後，來到昏暗的走廊上。我們的房間在五樓，老師都住在四樓，男生住在三樓。我沿著昏暗的走廊來到電梯前，遇到兩位值班老師，他們正在換班。

「我睡不著，所以去買飲料。」我據實以告，然後走進電梯，按了一樓的按鍵，忍不住嘆了一口氣。

電梯很快就停了。我以為到一樓了，沒有確認就準備走出去，撞到了迎面走來的柔軟牆壁。

「喔喔，空空，不好意思。」

抬頭一看，發現身穿運動衣的王子站在那裡。一看電梯顯示的數字，發現是三樓。我在心裡咂著嘴，後退了幾步，不經意地試探：「電梯要下樓，沒問題嗎？你不是要上樓去把女生嗎？」

「我才不去呢！我口渴，要去買飲料，妳呢？」

「我本來要去把男生，但被你妨礙了。」

「為什麼叫我王子啦。」

門。

雖然根本不好笑，但親切的王子露出了笑容，電梯也到了一樓，打開了

自動販賣機放在大廳，好幾位老師在大廳內談笑，都是認識的老師。一看到我們，這幾位老師露出不同的表情。因為怕他們囉嗦，所以我搶先說：

「我慾火焚身，所以原本打算找王子一起去消火。」

看到老師都露出笑容，一旁的王子笑著補充說：「我們只是剛好在電梯遇到。」

我拿出錢包，走向自動販賣機，聽到班導師在背後說：「少廢話，趕快回房間去。」

我買完茶，轉過頭一看，發現社團顧問的老師正在戳他。我正打算離開，王子結束了和老師的談話，跟在我身後。

「你不是要買飲料嗎？」

「喔，對喔。」

他難得這麼糊塗，丟三落四是三木的專利。

他買了茶飲和罐裝咖啡，似乎還不打算馬上睡覺。

電梯去了五樓，我不發一語地站在那裡等電梯，王子突然開口說：

「對了，那個鈴鐺根本沒事。」

我完全沒想到他會主動提起這件事，所以忍不住有點驚訝地看著他。

「王子怎麼可能沒事？」

他笑了起來，但並不是平時對每個人露出的爽朗笑容，而是顯得有點為難。我思考著他這個表情所代表的意思。

「不，真的不是妳想的那樣，所以，嗯……」

「所以什麼？」

「妳不要再試探，就好好地玩吧。妳今天在食堂的時候，不是也說一些有的沒的嗎？」

「……」

我就是討厭他這種地方。

我走進了來到一樓的電梯，不讓他察覺我的不爽。

「如果是妳自己要向誰告白，那又另當別論了。」

「我對你很專情，所以很擔心你要把鈴鐺給別人。」

「啊哈哈，謝謝啦，但妳真的不必在意。」

電梯停了下來。三樓到了。

「喔，那就明天見，晚安。」他舉起手說道。

「嗯。」我只是這樣應了一聲。聽到這個聲音，我確信一件事。

今晚應該睡不著了。

結果，我到凌晨才睡著。我躺在被子裡，聽著音樂，記得最後一次看時間，短針剛好在四和五中間。六點半的時候，可愛的三木穿著睡衣來叫醒我。我假裝睡迷糊，用力抱住她，把她推倒，她揮過來的拳頭，把我的睡意都打跑了。

吃完早餐，搭上遊覽車，上午去海邊搭船。搭船的時候、和大家一起在海邊散步時，還有當地人唱民謠時，雖然對所見所聞很有興趣，但仍然忍不住思考昨晚的事。

他為什麼特地告訴我那件事？他當時的心跳和平時一樣，所以也許真的像他說的那樣，但他告訴我到底有什麼目的？通常說不必在意，其實是希望別人不要在意。回想起來，我昨天早上碰到他的鈴鐺時，他內心就開始動搖，所以說，他果然是希望我不要在意，所以才叫我不必在意。想到這裡，又回到了之前的疑問。王子的鈴鐺到底打算繫在誰身上？

「空空，妳也沒睡好嗎？我也好想睡。」

王子在我身旁用力伸著懶腰。第二天下午，我們吃完午餐後，正在參觀水族館。我和王子一起站在水族箱前看魚，原本應該小組活動，但我和宮里悄悄把王子從阿京身旁帶走，三木和阿京正在不遠處看魚、聊天。水族館的約會真棒，要送鈴鐺或是其他東西都趕快送。雖然我用了念力，但目前似乎沒這種跡象。

宮里剛好去廁所，我把握機會和王子聊天。

「王子，誰叫你說一些意味深長的話，害我都睡不著。我問你啊，」

我一臉嬌嗔地瞥了他一眼，好像真的為了這個理由睡不著，然後微微低著頭問：

「那個鈴鐺、是要給誰？」

王子搖了搖頭，好像完全沒有看到我的演技。

「我不是說了嗎？妳不必在意……」

王子說到一半，沒有繼續說下去。順著他的視線望去，發現宮里剛好走回來。她穿著白襯衫和藍色的裙子，這身裝扮不知道是不是為了配合今天來海邊，再加上她很嬌小，所以看起來很可愛。

「怎麼了？咦？我身上沾到了什麼嗎？」

宮里打量著自己的身體，雙手摸著臉。王子見狀，爽朗地笑了起來。

「不是不是，妳今天的衣服好像剉冰。空空，對不對？」

「……嗯，看起來很好吃，很想吃一口。」

聽到我這麼說，宮里也開心地笑了起來。

看到她的笑容，才知道原來她也會對我們笑，不由得高興起來。我也很喜歡宮里，她人很好，和我這種偽裝自己，欺騙他人的人完全不一樣。

王子竟然叫我別在意不能被宮里聽到的話，開什麼玩笑！

難道他打算把鈴鐺直接交給宮里？搞不好之前文化祭，他們在同一個小組時，變成了好朋友。

要不要試著套他的話？只要是力所能及的事，都要嘗試一下。這個世界上不可能有試了之後會後悔的事，王子雖然口風很緊，但如果他不小心說漏了嘴，那我就賺到了。

沿著順路參觀，前方出現了一個巨大的水族箱，三木興奮地叫著：

「哇，好厲害，好厲害。」我決定要對王子說：「這裡超美，如果來這裡約會真是太棒了。」

「王子——」

「空空！好厲害！超厲害！」

處於興奮狀態的三木破壞了我的計畫，她抓住我的手臂，把我拉走了。我不需要看她，就知道她的心跳。因為我的手臂碰到了她的身體，可以直接感受她的心跳。其實我的手臂被她拉得有點痛，但無法成為我阻止她的理由，更無法和王子聊天這種事一起放在天秤上衡量。

當我決定主動配合三木時，瞥到王子露出開心的笑容。

「超厲害！真的超厲害！」

可愛的三木像小孩子一樣，直到那天晚上，仍然興奮地聊著水族館的事，沒有人打斷興致勃勃的三木，但如果是阿京的話，可能願意聽好幾個小時都不皺一下眉頭。我也一樣。

「哇，我以後當老師好了。」

「不是當飼養員？」

王子立刻吐槽說，三木用筷子指著坐在她旁邊的王子。雖然她沒有用筷子刺人，但這個舉動也很沒禮貌。

「因為當老師的話，就可以每年來修學旅行了。」

「不愧是山姆，這種理由太瞎了。」

三木用手刀打向王子的肩膀。阿京似乎並不至於樂觀到認為他們兩個人關係很差，才會有這樣的對話。看到阿京的態度，我也就放了心。他內心有點浮躁。既然感到不安，為什麼不立刻採取行動？

如果我是阿京，就會這麼做。也許是這種自我投射太雞婆了，所以遭到了報應。吃完晚餐、洗完澡，確認完通知事項後的自由活動時間，我們女生在房間裡聊起戀愛的話題，我又忍不住雞婆，說話時盡可能為阿京助攻，沒想到話題漸漸集中到我身上。
「空空，妳完全沒有緋聞，妳有打算送哪個男生鈴鐺嗎？」班上一個戀愛經驗豐富的女生問我。她並不是基於客套這麼問，而是真的有興趣，至少從她的表情看起來是這樣。只是她平時很冷漠，此刻心跳的節奏卻很快。這件事讓我有點在意。我巡視周圍，發現三木和宮里的心跳也很快。原來在修學旅行的夜晚這種非比尋常的日子，心跳完全沒有改變的我似乎才有問題。
為了回報大家竟然關心我這麼無聊的人，我決定據實以告。
「我沒興趣。孤獨可以醞釀人生的創造性，嘿嘿嘿，男人只會礙事。」
所有人都笑了，只是不知道她們怎麼理解我這句話。平時聊天，我基本上都用這種方式搞定，原本以為今晚也沒問題，沒想到我太天真了。
「但妳最近不是叫阿塚王子，而且整天都黏在一起嗎？」
沒想到她竟然來這招，但是，我完全沒必要慌張。這個問題在我預料的範圍內，我早就準備好幾個答案。目前的情況，哪個答案最適合呢？我想了一下，還來不及開口，宮里為我解了圍。

「我一開始也很緊張，但觀察了一陣子，發現她只是在搞笑，所以就忍不住笑了。」

我認為這個答案很好，最重要的是，我不需要自己說出口，只要說一句：「差不多就是這樣」，就可以搞定。雖然否認了對王子有戀愛的感情，但仍然留下了遐想的空間。

「是喔，原來是這樣。」

那個女生嘆著氣說，三木笑了起來。

「呵呵，很難想像空空和阿塚交往，光是想像一下，就會捧腹大笑，而且會笑得跌倒在地上。」

三木哈哈大笑著，倒在被子上。我看著她，她突然收起了笑容，看著天花板，不懷好意地笑著說：

「但搞不好會有人送妳鈴鐺。」

「哇，太高興了。」

「一聽就知道妳言不由衷。」

三木翻身看著我，沒有多想，就用一如往常的語氣嘀咕說：

「空空，妳喜歡怎樣的男生？有這樣的人嗎？」

「……我也不清楚。」

我無法巧妙回答，也無法像平時那樣輕鬆。

因為我心臟用力顫動，在發現自己心跳加速時，不禁有點慌亂。竟然為這種事顫動，簡直太稀奇了，而且我難得想要嘔吐。

「我去買茶。啊，如果有人想要跟著我，然後突然撲過來，把我拉到暗處，我完全沒問題喔。咦？三木，我覺得妳一副想要跟過來的樣子，好可怕！」

「妳閉嘴，快去啦！」

走出房間時，可愛的三木在身後說的吐槽話完全不出所料。我用力深呼吸，胸口的數字節奏很快恢復了正常，想要嘔吐的感覺也漸漸消失，但因為睡眠不足的關係，所以走路有點搖晃。

希望今天可以早點睡著。

我真是太傻太天真了，竟然會抱有這樣的期待。

那天晚上，我聽著三木均勻的鼻息，整晚都沒睡，迎接了天亮。

第三天的太陽很烈。雖然才二月，但燦爛的陽光下，穿長袖也覺得有點熱。住在這種氣候的地方，平均壽命當然會增加。

今天的活動以學習為主，除了實地考察以外，還學了美軍基地的事，深入瞭解這片土地。雖然我對這一天的行程很有興趣，但我面臨另一個問題。

我有點擔心自己的體力。

如果是平時，即使連續兩天沒有睡好，只要坐在教室，就可以撐過去。

這種日子，通常一回到家就體力耗盡，在吃晚餐之前，都會睡得像死人一樣。我本來就不是精力充沛的人，也許神明給了我特殊能力，卻帶走了我的體力和運動能力。原本應該屬於我的體力和運動能力，拿去給了王子。

王子說他昨晚也沒睡好，但他今天仍然精神抖擻，心臟的節奏也一如往常的平靜。我可能因為沒睡飽，所以心跳比平時稍快。

只剩下兩天半的時間了。我一大早搭上遊覽車時，就這麼威脅阿京，然後打算坐在王子旁邊，靠在他的肩膀上保留體力。沒想到遊覽車出發後不到幾秒鐘，他竟然壓低聲音對我說：

「空空，不好意思，從今天開始，可不可以別再那樣鬧了？」

他為什麼會說這種話？為什麼要壓低聲音？雖然我不是無法理解，但一旦就這樣罷手，等於承認之前都是在鬧著玩，所以我故意裝糊塗。

「哪樣？」

王子苦笑起來。這樣就好。即使他知道我之前的行為是在胡鬧也沒關係，只要他以為在這些行為的背後，也許隱藏著我的真心就夠了。

「就是叫我王子，又整天黏著我。雖然很好玩，但妳應該也想和山姆一起玩吧？」

是喔。

但我很願意接受王子的要求。因為今天考慮到我的體力，恐怕很難整天黏著他，所以也可以和宮里一起慢慢玩，但我當然不可能輕易點頭答應。

那、個、鈴、鐺、呢？

他有沒有想到我會露出調皮的表情，用唇語提出交換條件？他的心臟節奏完全沒有改變，只是又苦笑著搖了搖頭。

我知道自己今天體力很差，而且也知道這樣的行為沒什麼效果，但我還是因為心裡很不爽這種唯一的感情決定了一件事。

我全身放鬆，整個身體癱在椅背上，然後把頭放在王子的肩膀上。

「我的王子，我們要相親相愛喔。」

「我說妳啊……」

照理說，他應該會生氣，但王子只是露出為難的笑容。他心地真善良，至少表面上是這樣。我是個討厭的人，專門利用他這一點。至少我內在是個討厭的人。

我閉上眼睛，心想著如果在平時，我會不會就這樣收手？應該會。也許我因為沒睡飽而有點情緒化，再加上應該和昨晚的事也有關係。

我決定要和王子好好較量，看誰先認輸。

因為是實地調查，所以當然要走很多路。

「空空，妳別逞強了。」

「我、我沒事……」

雖然王子叫我別黏著他，但每次上坡和走樓梯時，他都會伸手拉我。我因為運動的關係，連特有的能力也無法控制自己的心跳，但他的心臟輕盈地跳動，反而好像更有活力了。這傢伙是怎麼回事啊？

我借助了王子的協助，又在心地善良的三木她們的聲援中，總算完成了上午的活動。午餐的時候，我也坐在王子身旁。平時吃飯的時候，我會貼心地讓他恢復自由，但我已經說了，我要和他好好較量，看誰先認輸。吃飯的時候，我一下子餵他，一下子又催促他。三木雖然笑了起來，但宮里露出了微妙的表情。我覺得只有她很正常。我因為太累了，午餐剩下了八成，這種時候就不談什麼較勁，全都給了王子。

下午的行程比上午輕鬆多了，參觀基地和美術館等設施後，欣賞小型音樂會。雖然不應該用輕不輕鬆來看待修學旅行的行程，但對現在的我來說，這件事很重要。

午餐後收拾完畢，在大家去上廁所休息時，我正打算去買瓶精力飲料，有人從背後輕輕戳我的肩膀。回頭一看，是宮里。我們這一組除了我以外，她是唯一等在集合地點的成員，而且她心臟的節奏很快。

怎麼了？我對她偏著頭，她告訴我剛才吃飯時露出的微妙表情所代表的意義。

「啊，那個，我可能太多管閒事了，但我覺得妳還是不要再對阿塚那樣比較好。」

「啊喲喲，王子看起來很傷腦筋嗎？」

「嗯，但更重要的是，妳看起來並不開心。」

這句話聽起來簡直就像她可以看到我的內心。聽了她這句話，有那麼一下子，真的只有很短的一下子，我以為因為自己太累了，所以無法掩飾平時可以掩飾的內心。我臉上的肌肉抽動了一下，比別人敏感一倍的宮里應該發現了，她向後退了一步。

我立刻發現了自己的失誤，立刻擠出了笑容，然後又說：「不會啊，很開心啊」，卻還是無濟於事，宮里臉上的肌肉仍然微妙地抽搐著。

我知道自己闖禍了。

其實我早就知道，宮里似乎有點怕我。雖然不知道是因為她覺得搞不清楚我這個人是怎麼回事，還是她識破了我冷漠的內心，總之，我雖然知道她對我感到害怕的原因，但她第一次直接在我面前表現出來，我在實際體驗之後，發現自己有點難以招架。如果不是旁邊有人，我恐怕會當場蹲下來。

我想要向她道歉。她為我和王子著想，鼓起勇氣向我提出建言，我這樣對她太過分了。雖然我這麼想，但覺得一旦道歉，就等於承認自己的內心很冷漠，這下子她恐怕會真的討厭我，所以還是無法說出「對不起」這句話。

我又更討厭自己了。

「空空、艾蒙，妳們怎麼了？為什麼兩個人都皮笑肉不笑？」

不知道從廁所回來的三木到底是救了我，還是把事情推向了無可挽回的地步。之後，一直到晚上，我和宮里都保持微妙的距離，無法澄清誤會。

不，其實根本沒有任何誤會，宮里的感覺應該完全正確。

一方面也因為不知如何收場，所以我之後仍然和王子形影不離，繼續和他較勁。我也搞不清楚自己為什麼那麼努力，但仔細想了一下，又覺得這是打造自己唯一手段。

為了成為空空，為了成為大家喜歡的人，我持續努力到今天。

真正的我太糟糕了，所以我必須努力，必須努力。

我之所以一直在心裡告訴自己「必須努力」，一定是因為我太累了。除了身體，心也很累。最後的一滴已經被宮里的那一步帶走了。

看吧，我又在責怪別人，其實全都是自己的錯。

沒錯，所以接下來發生的事，也都是我的錯。

參觀完基地和美術館，欣賞完小型音樂會，我們回去飯店。離晚餐還有一點時間，各組組長要去開會聽取聯絡事項，其他學生都回房間休息。每個小組有五到六個人，我們這一組的組長是王子。他去開會聽取明天的行程和注意事項，晚餐時通知我們。昨天問我戀愛問題的那個女生不在房間內，她是其他組的組長。

房間內只有五個人，大家以活力充沛的三木為中心，討論著今天去參觀的各個地方。

我不發一語地聽她們聊了一陣子，然後說要去買茶飲，離開了房間。雖然老師要求我們在組長開會結束之前，基本上都要留在房間內待命，但只要真的有事，也可以去其他樓層。我向負責在女生樓層值班的老師說明了情況，沿著逃生梯下樓。現在所有電梯都在一樓，組長會議應該已經結束，他們正打算回各自的房間。電梯應該會先停在男生住的三樓，等電梯太累了，還是走樓梯吧。這只是我對老師說的藉口，其實我想一個人在安靜的地方整理內心的千頭萬緒。

我輕輕推開沉重的門，從五樓沿著平時可能只有員工使用的樓梯慢慢下樓。一步一步，在安靜的空間內慢慢走下去，盡可能不發出腳步聲。

經過三樓時，聽到走廊上傳來男生很有活力的聲音。即將來到二樓時，我停下了腳步。二樓是普通客人住的樓層，但聽說我們住在這裡期間，不接受其他客人訂房，而且電梯也設定無法停在二樓。也就是說，目前二樓沒有人。

即使等一下挨罵也是活該，我還是偷偷溜進了二樓，但其實只是坐在電梯前沙發上的小冒險而已。我只想在這裡深呼吸，只想靠深呼吸找回平時的自己。

我只有這麼小的心願，卻無法如願。這一切都是我的過錯。

我坐在沙發上，為接下來的嘆氣用力呼吸氧氣。

就在這時──

「妳夠了沒有？」

「……………啊？」

我發出了毫無防備的聲音，簡直就像腦袋空空的傻瓜。這是敗筆。

「妳真的很煩欸。」

那個人咬牙切齒地說。聽到這句話時，我還暫時無法咀嚼意思，當我終於知道是誰對我說了什麼話時，她瞪了我一眼，走向樓梯的方向。

「啊？喂？啊？」

突如其來的衝擊讓我失去了思考能力，不知道發生了什麼事。她是我的同班同學，也住在同一個房間，剛才去參加組長會議。咦？她為什麼會在二樓？而且為什麼對我說那些話？

她剛才罵我、指責我。我甚至不知道她是不是無緣無故罵我。她為什麼要罵我？而且，她剛才好像在哭。

一個人絞盡腦汁也想不出答案時，只能借助別人的力量瞭解。

當我看向那個女生剛才走過來的方向時，出現了一個高大的身影。

「空空……」

王子獨自站在那裡。一看到他，我好像得到了智慧的果實，頓時理解了她剛才那些話的意思。

我似乎又傷了別人的心。

王子輕輕握拳的手中，發出輕微卻又清脆的聲音。

「空空，妳不必在意。」

他對我說了這句以前好像聽過的話，但這次的意思和上次不同。這次只是安慰而已。

我猜想是這麼一回事。剛才那個瞪我、罵我的女生真的喜歡被我稱為王子的他，所以昨天晚上才會問我那些問題。雖然我否認對他有意思，今天卻比平時更黏著他，她可能以為我故意在她面前炫耀，所以終於忍不住找機會把鈴鐺交給了他。只不過她這樣還不滿足，還想要知道他的回答，但他並不接受她的心意，正當她準備離去時撞見了我。當時，她一定以為我去嘲笑她？也許她原本就不喜歡我平時表現出的個性。

這些都是我的想像，但我相信八九不離十。王子只告訴我，他拒絕了她的告白。這樣就足夠了。

我當然不可能不在意。這個世界上有人傷害他人，還能夠不在意嗎？這是人心原本就具備的能力，和我是不是冷漠的人無關。我原本打算立刻回到房間，真心向她道歉，同時解釋清楚。但是，我很快就改變了主意。即使道了歉，說明了情況，真的能夠安慰她受傷的心嗎？即使她原諒了我，也只有我心情變輕鬆而已。我更討厭打算滿不在意做出自私行為的自己，也就什麼都說不出口了。

回到房間後，她根本不看我一眼。我沉默不語，三木笑我，說我忘了買飲料。因為我無法做出像平時那樣的反應，三木很擔心，我的罪惡感也瞬間膨脹。不對，現在不該為我擔心。我當然無法把這種話說出口，但如果表現出沮喪的樣子，簡直就像在主張自己很可憐，所以我盡可能表現得很開朗。

我吃不下晚餐。雖然我說只是沒有食慾，但大家並不至於寡情到會相信這種話。王子應該猜到是怎麼回事，露出嚴肅的眼神看著我，但我現在沒有餘裕承受他的眼神，只能請他幫忙吃完我剩下的食物。

我不停苦思，希望找到解決問題的方法，但越想越覺得這次的問題只是我原本就有的問題浮出表面，如果想和受到傷害的那個女生，以及被我嚇到的宮里重修舊好，就必須改變自己。這似乎是個大問題，無法在修學旅行期間解決。

吃完晚餐，聽完通知後回到了房間，然後去大浴場洗澡。那個女生當然沒有看我一眼，宮里可能擔心我，努力裝出平靜的聲音和我說話，但她的心在顫動。我也故作平靜，這是對朋友最低限度的禮儀。

脫了衣服，洗完身體，我泡在浴池裡。這些已經習慣化的動作不需要動腦筋也可以完成。只有這種不需要太動腦筋，身為一個人該做的事可以做得很好。

但是，有時候這種完美的舉動反而會引起反效果。空空就是這種人。

「空空，妳怎麼了？平時我在洗頭的時候，妳都會偷襲我，害我很緊張。」

「……我故意讓妳的期待落空。既然妳這麼期待，那我明天就大顯身手一下。」

太刻意了。不，正確地說，讓我清楚意識到自己之前的努力太刻意了。我說的話中，幾乎沒有脫口而出的話。每次都在腦袋中仔細確認，充分考慮之後才說出口。也就是說，沒有任何一句是真心話。我刻意說的每一句話都沒有靈魂。

我把嘴巴以下都浸泡進浴池裡，在水裡說了一句話。三木八成是不加思索地問：「啊？妳說什麼？」我沒有回答。因為我剛才說：「三木，妳不可以跟這種人說話。」我沒有勇氣再說一次。心機很重的我輕輕按著頭頂，整個人沉進水裡。

然後，我想到一件事。這次修學旅行結束後，也許我可以試著拒學。因為我是腦袋空空的人，大家應該會諒解我做這種事。只要我不去學校，剛才因為不願看到我，匆匆離開大浴場的那個女生就不會不高興了，宮里也不必對我感到害怕了。這個想法不錯。

沒錯。即使、即使……

我的自律神經出了問題。一定是我的身體有問題。我的心跳會加速，只是因為正泡在浴池裡。眼淚一直流個不停，也一定是哪條線路泡了水的關係。

我把臉泡進浴池。看到三木和其他人準備走出大浴場，我對她們說：「我還要多泡一下。」繼續留在浴池裡。我很擔心她們聽到我的聲音發抖，看到眼淚從我眼眶滑落的瞬間。

唉，我根本不需要可以看到別人心跳這種能力，如果可以擁有讓自己和別人不再流淚的能力，不知道該有多好。

我想著這些無聊的事，我的心願似乎稍微成真了，眼淚真的不再繼續流。

我吸了吸鼻子，站了起來。我似乎泡太久了，腦袋有點昏沉沉。我跨過階梯，走出浴池，踩在磁磚地板上。

……起初我以為自己滑倒了。

也許是因為運動神經很弱，我經常跌倒，所以還以為這次又跌倒了。沒想到感覺不太一樣，沒有踩空的感覺，也沒有地面遠離的感覺，用最簡單的話來說，就是地面消失了。

我聽到女生的尖叫聲。心臟就像在耳朵旁邊，劇烈的心跳聲變得很吵。我想要用力，卻完全使不上力。

在朦朧的意識中，終於什麼都聽不到了。

好熱，好想吐，而且身體輕飄飄。

我好像在海浪中載浮載沉，有什麼冰冷的東西流進嘴裡，我只好吞了下去，也不時有冰冷的東西放在我的額頭上。

當我醒來時，發現身處一片黑暗。即使我睜開了眼睛，也完全分不清上下左右。過了一會兒，終於可以活動手指。我用手指摸了附近的東西，發現自己似乎躺在被子裡。

接著，我發現手臂也能動，只是手臂很沉重。我舉起手臂，掀開了被子。如果有人在旁邊，應該會聽到這個聲音。這個舉動似乎做對了。

「妳醒了嗎？妳看得到我嗎？」

柔和的燈光打開了，身旁有一個陌生的女人。我不想說話，所以點頭表示肯定。

她說她是醫生。我在她的協助下側躺，然後用吸管喝了運動飲料。飲料好像直接滲進了血管，可以感受到飲料和身體的溫度差。

醫生告訴我，我在大浴場昏倒了。據說是中暑。她問我知不知道原因，我結結巴巴地說，應該是睡眠不足、運動過度，以及幾乎沒有進食的關係。她用溫柔的語氣斥責了我，還說要去罵那些老師沒有確實照顧學生。

「是我的錯……」

我對她說，結果又挨了罵。

幸好我只是熱昏了，所以症狀並不嚴重。她把我留在房間，去向老師說明情況。

妳要好好休息。雖然她臨走時這麼說，但真的睡得著嗎？

這種擔心是杞人憂天。

當我閉上眼睛，簡直是秒睡，甚至不知道是否曾經有過任何想法。

隔天的行程是搭船去離島，我和老師兩個人留在飯店，在涼快的房間裡發呆，度過了在修學旅行中難得的一天。

昨天晚上，我昏倒時引起的騷動比我想像中更嚴重，尤其是三木，她的行為簡直太離譜了。她只穿了內衣褲，打算把一絲不掛的我帶去走廊，結果被其他人制止了。光是想像當時的情況，我就忍不住發笑，但並不是只有這種好笑的事而已，雖然老師叫她：「妳趕快睡，黑田的事就交給老師處理。」她仍然不肯罷休，直到深夜都等在走廊上，結果挨了老師的罵，而且今天沒睡飽就去了離島。

對不起，害妳因為我挨罵了。今天早上看到三木時，我無法對她說這句話，因為我看到她通紅的雙眼和心跳的節奏，知道她是真的很擔心我。即使是我也知道，這種時候不該說對不起，而是要說謝謝。

我獨自留在作為保健室使用的安靜房間內，認真思考之後，才發現昨天的自己極度缺乏冷靜。雖然一方面是身體有狀況，再加上發生了很多事，導致我無法控制心跳的節奏。現在的心跳節奏比平時稍微快一點，但很穩定。回想起昨天的事，心好像快顫動了，但問題不大，所以也有餘力反省。仔細想一下之後發現，拒學的想法真是愚蠢到極點。如果我在這個時間點消失不見，那個生氣的女生和敏感的宮里當然會察覺，三木應該每天都會跑來我家。絕對不能讓這種情況發生。只付出中暑的代價就發現這一點，也許算是我賺到了。

今天早晨，我在大家面前時，終於能夠做回往常的自己，而且也逗弄了三木她們的心跳，笑著送她們離開了。看她們當時的反應，今天應該能夠玩得盡興。

只是我很擔心王子那個鈴鐺的去向。因為那天早上，鈴鐺就在他身上，不可能有人第一天就送鈴鐺，所以八成是他準備送給別人的。他到底打算送給誰？當時，他的視線看向三木，如果他打算送給三木，而且趁我今天不在時採取行動，我到底該怎麼辦？

我想起昨天和他說話時的情況，雖然他剛拒絕了別人對他的告白，但他的心臟完全沒有任何顫動。

我無論如何都無法喜歡這個人，但我是因為有特殊的能力，才能夠瞭解他的內心。至少他表面上是個好人，我無法責怪那些被他欺騙的人，我希望能夠保護那些人。

我知道，其實我也和他一樣。我也隱瞞了自己的劣根性，允許自己和三木她們當朋友，所以，我和他根本是同類。

正因為這樣，我希望三木能夠發現，她的身旁有比我和王子更親近、更溫柔的心，希望她可以發現那個人。到時候，她可以忘記我們。

阿京，明天我們就要回去了。

你有在努力嗎？

傍晚時，身體已經完全恢復，但我覺得還是要保留體力，所以躺在被子裡打瞌睡。遠處傳來嘈雜聲，大家似乎已經回到飯店了。

我不由自主地坐了起來，穿好了衣服。這顯然是正確的決定，不一會兒，就聽到敲門聲。打開門一看，今天照顧了我一整天的老師站在門口。他問我身體情況如何，我回答說，身體很不錯。他又問我晚餐吃得下嗎？我說我已經餓扁了。當然，說話的時候也沒忘了發揮一貫的無腦態度。

不一會兒，班導師走了進來，叫我晚餐之前都留在房間內，等一下直接去食堂。「因為如果妳現在回去房間，三木一定會吵翻天。」雖然老師有一半是開玩笑，但應該有一半是真的。

我決定乖乖在房間等吃晚餐。我折好被子，坐在窗邊的椅子上。打開窗戶，風吹進來，感覺很舒服。

修學旅行以來，第一次有這樣不需要想任何事的平靜時間流進我心裡。

雖然我不願意認為平靜和平穩早晚會結束，但我的平靜似乎真的維持不了多久，而且出乎意料的是很快、很激烈地結束了。

有人敲門。

雖然還不到晚餐時間，但我以為又是老師，所以毫無防備、不加思索地打開門，我不知道自己是否順利掩飾了臉上的嫌惡表情。

「嗨，空空，妳還好嗎？」

「王子，好久不見。」

「什麼意思嘛。」他露出一如往常的笑容說完，舉起了手上的小毛巾。

「這是妳的。因為有很多聯絡事項，我是組長，所以來通知妳。這當然只是藉口，他們都吵著想知道妳的身體狀況，所以派我來看妳。我可以進去嗎？」

「你覺得我可能拒絕王子嗎？」

「雖然不這麼認為，但還是要徵求妳的同意。山姆說，如果妳站著說話，把妳累壞了，就要殺了我。」

他搞笑地說道，我讓他進了房間，然後打開了燈。桌子旁有兩張椅子，我們面對面坐了下來。

「妳身體已經沒問題了嗎？」

「嗯，雖然離完全恢復還差得遠，但看到你就全好了。」

「這裡沒有別人，妳還照樣玩，真服了妳。」

他開心地笑了起來，然後說了今天的通知事項，以及小組成員必須知道的事。雖然他說這只是藉口，但他在這方面很有責任心。因為他做事很負責，而且大家很信任他，所以才會派他來這裡。雖然老師應該就在附近，但難以相信修學旅行時，孤男寡女竟然共處一室。

「你還真不知羞恥。」

「啊？好了，通知事項差不多就這些。」

「謝啦謝啦，回去之後，我請你吃嘎哩嘎哩冰棒。」

「好冷！好，那就先這樣。接下來是我自己要對妳說的話。」

他要對我、說的話？

我正打算思考，但在想到那件事之前，他已經開了口。

「那個鈴鐺，並不是要給山姆的。」

「……喔，是這樣啊？你為什麼突然願意告訴我？」

「因為我想妳應該在擔心這件事。」

我想了一下之後回答說：

「所以，你覺得我在擔心三木會奪走你的心？」

「不是。」

他斬釘截鐵地否認，然後看著我的眼睛，一動也不動，好像準備進行世紀大告白。即使在這種時候，他的心跳仍然維持一貫的節奏。我自己呢？

「妳是擔心像我這種人和山姆在一起。」

「嗯。」

他露齒而笑，接著又說：

「妳不是很討厭我嗎？」

……他說出了我的心裡話。老實說，我嚇了一大跳，心臟劇烈顫動。

我努力回想自己是不是曾經表現出這樣的態度。那次嗎？還是那一次？還是剛才開門的時候？不，不對。他的心沒有絲毫的顫動，也就是說，他之前就這麼認為，而且並不是基於想像，我猜想他應該很有把握。

接下來，我開始思考他為什麼告訴我這件事。牽制、要求、恐嚇，雖然我想了所有的可能性，但似乎都不對。

我想要掩飾，想要像平時一樣叫他王子，但是，三木的臉浮現在我眼前，所以我沒有這麼做。能夠對她和其他朋友展現的僅有誠意，讓我決定自己必須坦誠，可以開玩笑，但不能說謊。

所以，我忍不住點了點頭，我終結了自己的計謀。

「但和討厭不太一樣。」

「不喜歡？」

「嗯，就是這種感覺。你答對了，一百分。」

聽到這番意想不到的說詞，他笑了起來。我搞不懂聽到別人討厭自己，到底有什麼好笑的？所以就問他：

「我說我不喜歡你，你為什麼笑得出來？」

他的回答完全出乎我的意料。

「不，該怎麼說，我有一種暢快的感覺，終於聽到妳說出了真心話。」

「我說的都是真心話。」

「但妳之前不是說喜歡我嗎？」

我猶豫了一下，但還是搖了搖頭。

「不是你想的這樣。就像你剛才說的，我不希望我最愛的三木和你在一起，所以我試圖讓你喜歡我，但我從來沒有說是把你當成戀愛對象而喜歡你。王子，真是太可惜了。」

「是啊，太可惜了，原來是這樣啊，但妳向來都是這種感覺。」

他一副很瞭解我的樣子，讓我忍不住很火大。

「這種感覺？」

「嗯，該怎麼說，好像總是用真心話來掩飾真心話，而且超拿手。」

「啊，對不起，我應該是討厭你。」

聽到我說討厭他，他開心地笑了起來。

我看到他的態度，忍不住想到，也許他和我比我原本想像的更加相似，所以他才會瞭解我的內心，所以他應該也討厭我。

因為我認定是這樣，所以就問他：

「你應該也討厭我吧？」

我以為他聽到我的問題後會氣定神閒地點頭，沒想到他驚訝地問：

「我嗎？討厭妳？我一點都不討厭妳，而且覺得妳很有趣。」

喔，對喔，原來是這樣。我點了點頭。

我忘了一件事。我和他之間有極大的不同，所以無法說我們兩個人很相似，也因此會對對方有不同的印象。我竟然忘了這件事。

我具有他所沒有的能力。

所以，我覺得這樣很不公平。

我和他之間雖然有極大的不同，但也當然有相同的部分。那就是我和他，應該說是所有人都具備的生理上的感情。

任何人聽到自己並不討厭的人說不喜歡自己，都或多或少會受到傷害。

我並不是因為想要展現誠意，只是覺得這樣不公平。

「我這個人，並沒有像你想像的那麼有趣。」

從某種意義上來說，這是我這輩子最重要的告白。如果是平時的我，也許在對他說這句話之前，會先考慮自己的得失。可見我的中暑還沒有好。

「也許讓你覺得有趣的那些話，是我經過盤算，認為這麼說，別人會覺得有趣，然後才說出口；也許讓你覺得有趣的那些行為，是我認為這麼做，別人一定會驚訝，所以才做的。」

我已經說得很明確了，他卻偏著頭問：

「什麼意思？」

「就是……我並不是你們以為的那種腦袋空空的人，我並不是古怪奇特，無條件熱心的人，你誤會了。」

「我覺得妳就是這樣的人啊。」

「不是這樣，雖然我也很想成為這樣的人，成為一個不計較利害得失的人，也想要毫不猶豫的去做自己想做的事，但真正的我並不是這樣的人。我的言行都只是我理想中的那個我，那並不是真正的我。」

我很納悶，為什麼連這些話都告訴了他？心跳的速度很快，搞不好中暑真的對精神狀態造成了影響。這些從來不曾告訴任何人的話，我偏偏告訴了自己不喜歡的這個人。

但是，我覺得這樣的條件才公平。我很無禮地知道了他的心很平坦，所以也把自己的內心告訴了他。這樣才平等。我猜想他會徹底討厭我，因為我已經告訴他，從認識他和三木到現在，我一直都在欺騙他們。我相信他也一樣。

但是，他仍然露出聽不懂我在說什麼的表情，然後小聲地說：

「大家不都一樣嗎？」

然後，他又繼續說：

「既然那是理想中的妳，不就代表妳是這麼想的嗎？雖然妳覺得自己並沒有腦袋空空，但是，比起不經大腦思考就做那些行為，經過思考才做那些行為才更糟吧，根本是徹頭徹尾的腦袋空空。」

他笑了起來，似乎覺得很有趣。

「其實我根本不是大家以為的這麼能幹，我會當組長，或是幫別人出主意，是因為我希望自己可以成為那樣的人。因為我是家裡的長子。」

我決定聽他說下去。

「山姆應該也一樣啊。她不是一直說，她想當英雄嗎？但她整天闖禍，又丟三落四，她那種人當英雄，這個世界會在轉眼之間毀滅。但是，」

我覺得他的笑容顯示他發自內心為好朋友感到驕傲。

「因為她想當英雄，所以才會衝去拒學的同學家裡。該怎麼說，我覺得這就是英雄的行為。雖然那並不是原本的她，但不是很帥嗎？妳絕對不能把這些話告訴山姆，她會得意忘形。」

「……嗯，是啊。」

「稱讚那傢伙絕對沒好事，」

我是針對三木想要當英雄這件事表示肯定，但他顯然誤會了。

「所以大家都一樣，只是我和山姆雖然很努力想要成為理想中的自己，卻做不到，一下子就露出馬腳，總是在重要的事上失敗，或是不小心說溜嘴。我最近尤其會這樣，應該是太放鬆了。」

「……」

「但是妳做得太好了，我覺得妳可以稍微放輕鬆些。如果妳再勉強自己，改天又會昏倒。而且聽了妳剛才說的話，我覺得妳稍微鬆懈一點更有趣。」

「……」

我正在思考該怎麼接話，他說了聲：「好了。」站了起來。他手上拿著小毛巾，似乎已經把想說的話說完了。

「那就晚餐時見囉。」

「你來這裡，就是為了說這些？」

他不可能聽不懂這句問話的意思，但他笑了起來。

「不，其實我想偷溜進女生的房間。」

聽到他無聊的玩笑話，我不加思索地笑了起來，簡直就像三木一樣。

我打算靜靜看著他走出房間，這時想起了那件事，決定再問他一次。

「那個鈴鐺到底是怎麼回事？」

已經握住門把的他停了下來，「嗯」了一聲，似乎在煩惱，然後又回頭看著我說：

「妳就當作沒這回事吧。」

他說完這句話，沒有等我回答，就走出了房間。

王子的話意味深長，如果是平時，我一定會想破腦袋，但看在他今天特地來安慰我的份上，決定不追究了。

正常體溫的溫柔。看著他的樣子，腦海中浮現這句話。看來我中暑果然還沒好。

修學旅行最後一天的主要行程是逛街自由活動，下午就要回去了。大家的心情從興奮變成寂寞，心跳也以和出發時不同種類的節奏加快了速度。

我不再黏著王子。最後一天，我決定滿足自己的欲求，要和三木盡情地玩。而且，王子昨天因為擅自溜進身體不適的學生休息的房間，被老師狠狠罵了一頓，所以我也有點擔心他。

逛街時，基本上以小組為單位活動。我們吃了甜食，又去逛了禮品店。

我和之前一樣，繼續扮演空空的角色。至於是不是故意不聽王子的忠告，其實也不是，但也沒有接受他的忠告。

只是我已經知道，這就是我，所以覺得根本不需要改變。

三木為我取了空空這個綽號，以後我不再認為是諷刺，而是要發自內心感到驕傲。

當然，我也希望慢慢修補和宮里，還有那個生氣的同學之間的關係。下次要真的把她們當成朋友。

中途去吃了午餐，然後又去了剛才覺得有不錯商品的禮品店，各自買自己想要的東西。

我們女生在挑選飾品，男生正在挑選奇怪的擺設，這時，我發現三木用很笨拙的動作向阿京使了一個眼色。我正感到好奇，阿京走過來找宮里，然後一起去了其他地方。我原本以為是三木的戀愛感應器故障，所以發出了錯誤的訊息，沒想到不是這麼一回事。

當只有我們兩個人時，三木默默拉著我的手走到店外，然後神情嚴肅地看著我。怎麼回事？

「這個給妳。」

伸手接過來之前，聽到聲音，我知道了那是什麼。三木手上是一個附了小貝殼裝飾品的鈴鐺。

「這是什麼？」

「鈴鐺啊，只要送鈴鐺給對方，不是可以一直在一起嗎？因為必須單獨相處時才能送，阿塚很礙事，所以我一直沒辦法送給妳。妳的鈴鐺是我昨天買的，是特別的鈴鐺。」

我默默接了過來，但說不出一句話。

「怎麼了？」

「……謝謝妳。」

「呃！今天怎麼這麼乖？原本還以為妳絕對會說是愛的告白，我還做好了迎擊的準備。」

「我會、好好珍惜。」

這是我的真心話。雖然是我的真心話，但原本還有下文。幸好我把鈴鐺抱在胸前後，把話吞了下去。

「啊，對了，我之前的伏筆怎麼樣？我不是說，搞不好會有人送妳鈴鐺嗎？妳有沒有嚇一跳？」

「那是伏筆？哇，也未免太糟了。」

「什麼嘛！雖然我每個人都有送，但妳的鈴鐺最特別，所以妳可以向大家炫耀。」

「原來不是只送給我而已，太失望了。」

雖然我並不意外，但我覺得稍微說幾句不該說的話也無妨。因為王子對我說，我可以放輕鬆。

她說送給每個人，所以……

「妳不用回送我，基本上只收不送也OK。啊，對了，昨天我收到了回送的鈴鐺。妳看，這個是阿京送我的。」

三木從口袋裡拿出一個小鈴鐺。我發現她的心跳稍微加速。

「他說光收我的鈴鐺不好意思，所以也送我。雖然不是那個意思，但收下的時候，還是有點緊張。」

「是喔，太驚訝了。」

我的徒弟還真行啊。

阿京竟然沒有向我這個師父報告，我盤算著晚一點要好好整他。這時，身旁的三木仰望著天空，用力伸著懶腰。

「太好了，順利送給每一個人了。我最先送給了阿塚，雖然他那樣，不過也是我朋友，所以就送給他了，但如果沒有機會送給其他人，就會變得很奇怪。」

這可不行，這樣會擾亂很多人的心。

……最先？

「妳什麼時候給他的？」

「第一天，是不是很神速？」

第一天出發前的記憶在腦海中甦醒。

「原來是這樣！」

我脫口叫了起來。這不像是我，不，也許這更像我。原來是這麼一回事。這次修學旅行期間，我一直無法解開的謎竟然是這麼蠢的答案。回想起來，三木當時唯獨沒有向他打招呼，是因為他們之前已經遇到過。他之所以死也不肯告訴我，八成是三木想要給我們驚喜，所以叫他不要說。難怪在水族館時，他看到宮里，就立刻轉移了話題。越想越覺得就是這麼一回事。竟然是這樣！

「什麼原來是這樣？」

「不，我果然討厭阿塚那傢伙。」

「呵呵！什麼嘛，妳之前不是還整天纏著他。」

原來是這樣啊，我想太多了，反而判斷錯誤。如果要透過這次的事汲取教訓，的確應該像他說的那樣，不要把事情想得那麼複雜。我覺得自己真的可以稍微放輕鬆些。

算了，至少已經解決了一件事。

沒想到三木接下來說的話，讓事態又向前進了一步。

「不過那傢伙真的超沒禮貌。我在和平祈念公園的時候什麼都沒說，就把鈴鐺交給他，沒想到他立刻推了回來，結果鈴鐺掉在地上，有點破損了，所以我和他的緣分可能也到此為止了，呵呵！」

「……啊？妳不是那天早上給他的？」

「不是，那天早上我媽送我，他家裡的人也開車送他，而且我們的父母都認識，我怎麼可能有勇氣送鈴鐺給他？而且當時已經有很多同學已經到了。為什麼這麼問？」

「沒……」

這是怎麼回事？如果三木說的話屬實，代表他果然帶了鈴鐺準備送給別人。他到底要送給誰？

回到店裡，看到阿京、王子和宮里正在試吃手工製作的甜甜圈。

這時，我突然想到，也可以說是靈光乍現。

「三木，王子怎麼叫宮里？」

「嗯？叫艾蒙吧？」

是喔，原來是這樣。

第一天早晨，我問他：

『怎麼會有鈴鐺？』

他回答時，我以為他結巴了。

原來不是結巴，而是他說溜了嘴。

One、two、three、four。One、two、three、four。

王子笑著看向阿京和宮里，我似乎看到他的心跳微微加速。

小♠禾◇必♣恣♡山

因為學生、教師和家長要進行三方面談，所以三年級只上半天課。放學後，我走去食堂，看到山姆把餅乾放在桌子上。我悄悄走過去，拿了一塊放進嘴裡，肚子被她用力捶了一拳。

「不要偷吃！」

「嗯，真好吃。」

山姆頭上浮現了代表『怒』的方塊，坐在山姆對面的艾蒙頭上浮著代表『喜』的黑桃。原來是艾蒙做的餅乾。艾蒙溫柔地笑了笑，我立刻移開了視線。我這一陣子常這樣。

「我都還沒吃呢。」

「真的嗎？不好意思，但真好吃，太厲害了。」

山姆又揮過來一拳。我這次也沒有閃躲，讓山姆洩憤，但如果只是這樣，別人會以為我怕她，所以立刻補充說：「也對，山姆根本不可能下廚嘛。」山姆頭上又冒出代表『怒』的方塊，艾蒙的頭上也浮現一個小小的方塊。也許是因為我調侃姑且也算是女生的山姆引起了她的反感，但她的小方塊立刻消失了，顯然只是「有點不爽」的程度，所以不必在意。

「王八蛋。算了，不理你就好。」

山姆再度合起雙手，然後把艾蒙烤的餅乾放進嘴裡。代表『怒』的方塊立刻消失，頭頂上浮現一個代表『喜』的巨大黑桃。她的符號比在場的所有人，也比這所學校的所有人更大。雖然我不知道那些符號的主人是誰，但如果只是大小和位置，我可以看到整所學校。沒錯，山姆的符號最大。而且只要一塊餅乾就可以讓她的符號變那麼大，真是太了不起了。

「真好吃！」

「是不是很好吃？」

「你怎麼還在這裡？不是要去社團嗎？快去啦！去死！」

「真野蠻！三方面談期間，都是自主訓練或是讀書。我剛才在圖書室，但阿京去教室面談了，我很無聊，而且肚子有點餓。艾蒙，我真的不能吃嗎？」

「不，沒關係，反正我還可以再做。」

「哼，看在艾蒙的面子上，我不跟你計較，你撿回一命。」

「謝謝囉，對了，空空也是今天面談？」

我不理會山姆的毒舌，若無其事地問道。

「對啊對啊，真羨慕功課好的人，面談時也只是被稱讚而已。」山姆聳了聳肩說話時，看起來也很開心。

雖然我認識她已經六年，但她從黑桃變成方塊，又從方塊變成紅心，她的感情變化十分迅速，完全無法預測，看在一旁也覺得很有趣。

「艾蒙應該也差不多吧？」

我把話題轉移到在對面面帶微笑的艾蒙身上。

「是啊，但是艾蒙去年不是很久沒來學校嗎？不知道會不會寫在學習歷程檔案上。」

也許有人覺得山姆不該這樣毫不猶豫地提起艾蒙之前曠課的事，但其實錯了。

「嗯，我就說沒發現星期天已經過完了，這樣不行嗎？」

「什麼爛理由嘛！呵呵！」

山姆笑了起來，一年前，在學校時從來不會開玩笑的艾蒙頭上出現了一個代表『樂』的大紅心。

朋友之間有太多顧慮，反而會比被對方看不起更令人痛苦。山姆非常瞭解這一點。

艾蒙笑了，真是太好了。我鬆了一口氣，在山姆旁邊坐了下來，又吃了一塊餅乾。

「真好吃，阿京和空空也吃了嗎？」

「呃，沒有。」

「是嗎？他們運氣不好。這些餅乾會被山姆全吃光。」

艾蒙聽了我的話，頭頂上浮現了『哀』的梅花。原來她真的很後悔沒有給阿京和空空吃餅乾這件事，我慌忙改變了話題。並不是有什麼顧慮，而是我不希望艾蒙憂傷，所以遵從了自己內心的想法。對我來說，這種情況真是難得。我平時都很愛管閒事，即使看到對方的梅花稍微變大，也會繼續聊這個話題，努力瞭解對方難過的原因，盡可能為對方解決問題。

「真的很好吃，是不是加了什麼調味的秘方？」

難得的事未必就是好事，自己不習慣的事，還是少碰為妙。

我平時都很愛管閒事，向來不習慣以自己的心情為優先，結果偶一為之，就發生了意想不到的事。

「啊，我想知道，告訴我！」

「在問秘方之前，妳還有很多要學吧。」

我又挨了一拳，艾蒙嫣然一笑。

「嘿嘿，既然是秘方，當然要保密。」

她笑著拒絕了山姆的要求，那是一如往常的溫柔、親切的笑容。她帶著這個笑容說：「我去廁所一下。」靜靜地站了起來。

「如果硬要說的話，那就是愛。在做餅乾的時候，想像著希望誰來吃餅乾。」

艾蒙離開時，說了這句俏皮的話。最近的我，應該會害羞地移開視線，但是，有東西吸引了我的目光，所以我沒有這麼做。

並不是艾蒙的笑容，而是她頭上膨脹的巨大感情。

怎麼回事？

看著她逃也似地走去廁所的嬌小背影，我忍不住吸了一口氣。

她頭上的符號越來越大，最後超越了山姆的黑桃，變成整個學校內最大的感情。

「原來是愛喔。」

我無視自言自語的山姆，在艾蒙走出食堂之前，都一直看著她的後背和頭頂上的符號。

山姆看到我默不作聲，問我：「你怎麼了？」我不可能把艾蒙的事告訴她，所以回答說：「沒事，肚子真的有點餓，我去買些東西，想吃點鹹的。」說完，我站了起來。福利社和廁所在相同的方向。

離開山姆後，我一邊納悶著到底是怎麼回事，一邊追上艾蒙。難道是她很在意沒有告訴我們秘方嗎？但這種事不可能有這麼大的符號吧？

所以可能是我看錯了，也許是顏色相同、代表『喜』的黑桃。

我希望是這樣，所以我尋找艾蒙的身影，想要確認，讓自己安心。

但是，我沒有看錯。

艾蒙走去廁所的嬌小背影，頭上浮現一個代表『哀』的黑色梅花。

我完全猜不透她為什麼會感到難過，但看著她頭上的梅花，我不由得痛苦不已。

第一次覺得自己不太對勁，是在文化祭之前，修學旅行時發生的事更明確了這一點。班上的女生希望我和她交往，我拒絕了。

這是第一次有人向我告白被我拒絕，所以我覺得奇怪。

雖然我和那個女生並不算是好朋友，但我知道她很開朗活潑，而且算我多嘴說一句話，她在班上也是很引人注目的正妹，被她告白當然很高興。如果是平時，我不會多想，就會馬上點頭答應。我無意說自己桃花不斷，但之前即使是不怎麼熟的女生，只要她們說喜歡我，我都會點頭答應，完全不會考慮自己的心情。

回想起來，也許是因為我具有這種能力的關係，不光是在戀愛問題上，我向來都很平等地看自己和對方，如果再摻雜一些多管閒事和貼心，就會尊重對方的意願更勝於自己的意願。

但是，這次我沒有這麼做。

原因只有一個，因為我很在意一個女生。

說起來很奇怪，在完全不瞭解這種「在意」到底是怎麼一回事期間還很輕鬆，但在拒絕了那個女生的告白，因為自己的行為發現這種感覺或許具有特殊的意義後，原本只是懷著輕鬆的心情帶在身上的鈴鐺，也因為突然感到害怕而不敢送出去。

說起來很丟臉，這是我第二次覺得自己好像整天惦記某一個人。

如果這種感覺可以變成確信，或許可以採取進一步行動，但我像傻瓜一樣在思考到底是怎麼一回事時，就變得停滯不前。

但我認為這並非百分百都是壞事，對於曾經被學姊用一句：「你曾經認真面對自己的心情？」甩掉的我來說，或許是一件好事。

糟糕的是，在意的女生在憂傷，我卻不知道該怎麼辦。

我的能力並非萬能，雖然能夠知道別人的喜怒哀樂，卻無法瞭解造成這些感情的原因，更不瞭解消除這些感情的方法。雖然從至今為止的人生中學到了一些，但每個人的感情變化都不相同，無法一概而論。

艾蒙剛才說她有事，所以就先離開了。她頭上的黑色符號從她去廁所時，到走去鞋櫃換鞋時，都始終沒有改變形狀。

我獨自在升學指導室翻著大學入學考試的考古題集。

那個黑色始終在腦海中揮之不去。

「嗨，王子，你已經向宮里告白了嗎？嗯？你這眼神是什麼意思？」

「……沒事，我只是覺得妳果然腦袋空空。」

「耶！」

回頭一看，空空臉上並沒有開心的表情，卻做出了勝利的姿勢，正吸著插在紙盒裡的吸管。她和平時一樣，頭上同時浮現了代表『樂』的紅心，和代表『哀』的梅花。這傢伙真奇怪，我從沒見過其他人頭上隨時都浮現兩個符號。

「我看妳喝果汁喝得很爽，沒問題嗎？今天不是要面談嗎？」

「你說我喝得很爽，你想喝嗎？要間接接吻？」

「我不想吃甜食，剛才吃過了。」

我拒絕了，空空收回了原本遞到我面前的蔬菜汁紙盒，多嘴地說：「原來非宮里不可啊。」

空空也知道放學後，沒有人會來升學指導室，所以才會這麼說，但我無論否認還是承認，她都有話可說，所以我乾脆不理她。

值班的老師剛好不在，室內只有空空故意發出喝果汁的聲音。

「面談結束了，我剛才去圖書室，走到門口，看到阿京和三木兩個人在那裡，我覺得很有趣，所以逃來這裡。王子，你怎麼沒和他們在一起？」

「原本我和阿京在那裡讀書，但艾蒙回去之後，山姆來圖書室找我們，我想要為阿京創造機會，所以就來這裡，想要借考古題集。妳也是嗎？」

「老師在面談時只叫我決定一所可以墊底的學校。雖然這是說謊，但你可能會相信，所以就當作是這麼一回事。」

我剛才就猜想她看到我離開圖書室，然後跟我來到這裡，看來真的是這麼一回事。這傢伙真是多管閒事。雖然我自己也一樣。

「你對宮里到底是怎樣的感覺？」

「我也不知道。」

我心不在焉地翻著考古題集，說出了真心話，空空似乎無法接受，

「你還在說不知道時，那張楚楚可憐的笑容被別人搶走的話怎麼辦？」

「呼」地吐了一口氣。

「怎麼辦喔……」

我不置可否地應道，空空嘆了一口氣。

「在考完大學之前，無心想這些嗎？大家和我不一樣，都很逞強。阿京現在應該也不能奢望有什麼進展，只不過也會發生像上次那樣的意外。」

「喔，妳是說那件事。」

那的確是很棘手的意外。

其實這件事也沒什麼好隱瞞的。三個星期前，其他班的男生向山姆告

白。阿京從壞嘴的空空嘴裡得知這件事時，簡直沮喪到了極點，我很擔心會影響他考大學，甚至煩惱發生最糟糕的情況時，該怎麼安慰他。幸好山姆拒絕了那個男生，阿京目前也精神抖擻地用功讀書。

「其實如果妳沒把那件事告訴阿京，就當什麼事也沒發生，不是更好嗎？」

「如果我不事先告訴他，萬一三木一臉幸福地說，她有男朋友了，阿京會怎麼想？」

空空拿著已經喝完果汁的吸管戳我的腰。

「必須知道真相，而且必須採取行動。什麼都不做，只是在那裡後悔最糟糕。」

「妳是在說阿京嗎？」

「你說呢？」

空空偏著頭，轉身走了出去。我猜想她要去圖書室，所以也沒有吭氣，聽到背後傳來她的說話聲。

「王子，你該不會覺得三木這次是剛好拒絕對方？」

回頭一看，發現空空看著我，臉上竟然難得露出了溫柔的笑容。

「難道你因為戀愛變得盲目了嗎？你真的完全搞不清楚狀況。」

空空說完這句話，走出了升學指導室，升學指導部長的老師剛好走進來。

你真的完全搞不清楚狀況。這句話就像黑影留在我心裡。

隔天輪到我面談。放學後，我和阿京一起吃完午餐，在圖書室讀書時，空空先來了，接著艾蒙也出現了。山姆好像有其他事。

艾蒙頭上仍然冒著『哀』的梅花，只是好像稍微變小了。都已經隔了一天了，有什麼事讓她憂傷這麼久？應該和沒有告訴我們秘方這件事的罪惡感無關。

我低頭繼續讀書，不一會兒，在我前面面談的同學來叫我。我對空空說：「幫我看一下筆盒。」空空說：「如果我餓了，可能會吃掉。」我就放心地交給她了。

我媽已經等在教室門口。我和她一起走進教室，然後在椅子上坐了下來，看著我媽和老師打招呼。

要加強成績不理想的科目。因為目標設定得比較高，所以一定要找一所能夠墊底的學校。雖然有點對不起老師，但老師說這些我大致能夠猜到的話時，我思考著艾蒙的事。

為什麼會特別在意她？如果這真的就是喜歡，我到底想怎麼做？

仔細思考之後，發現自己真的完全搞不清楚狀況。

「既然有想要出國這麼明確的夢想，就要付出相應的努力。」

「……別看我這樣，該努力的時候會好好努力，不會讓老師失望的。」

我用笑容回應面帶笑容的老師，在愉快的氣氛中結束了面談，幸好媽媽頭上沒有浮現代表『哀』的梅花。

送媽媽到學校門口後，我說要去讀書，晚一點再回家，然後又走回圖書館。

走在人來人往的走廊上，腦袋裡想著幾件事。當迎面走來的艾蒙和阿京走到我面前時，我才發現是他們。

「阿塚，辛苦了，情況怎麼樣？」

聽到阿京的聲音，我才終於回過神。

「喔，辛苦了。我只記得老師叫我好好用功。」

「太好了，我們是難兄難弟。」

我們兩個人嘿嘿笑著，功課很好的艾蒙也跟著笑了起來。她的頭上仍然浮著『哀』的符號。

「你們要去哪裡？艾蒙，空空呢？」

「呃，嗯，我們要去福利社買飲料，空空說要幫你看筆盒，所以一直盯著筆盒。」

「她在幹嘛啊。」

「啊，對，對啊。阿塚，你也和我們一起去福利社吧。」

這只是朋友之間的邀約，但艾蒙平時不會對我說這種話，所以我忍不住一驚。「好啊。」當我點頭時，她頭上除了梅花以外，還有一個代表『喜』的小黑桃。

「阿塚，」

沿著走廊走去食堂的途中，艾蒙突然開了口，這也很難得一見。

「你真厲害，已經決定了自己想做的事。」

「妳也一樣吧？」

「嗯，該怎麼說，我有點煩惱。雖然一直在想這個問題，但越想越搞不太清楚，所以我覺得你很厲害。」

聽到艾蒙說我很厲害，我忍不住感到高興。

但是，我無法就這樣接受她說的話。

「我覺得應該煩惱。」

脫口說出這句話後，連我自己都不知道希望她怎麼理解這句話的意思，艾蒙和阿京也露出不太理解的表情。

我想，我應該想要表達這樣的意思。

我想去外國，是因為覺得比起一直停留在一個地方，四處走走更適合自己。學好英語，可以作為一種工具，也許可以減輕父母的負擔，所以就這樣決定了自己未來的方向。說起來，這好像並不是認真為自己思考後得出的結論，只是一鼓作氣，就這樣做出了決定。雖然的確有興趣，但並不是深思熟慮的結果，總覺得沒有誠懇面對自己的未來。

所以，相較之下，一直為自己的未來煩惱，遲遲無法做出決定的艾蒙反而更好。

我們走進福利社後，買了各自的飲料，但我無法說出這些話。

阿京今天來找我時，似乎難得有什麼重要的事要告訴我，但其實我們也只是和平時一樣，去食堂邊吃飯邊聊天而已。

其實我也有事想要問他，所以正合我意。艾蒙今天仍然『哀』號當頭，她似乎對阿京和山姆特別敞開心胸，也許他們知道什麼我所不知道的事。

但是，當我們在食堂深處的座位坐下後，阿京說的話完全出乎我的意料。

「不知道宮里怎麼了。」

艾蒙雖然『哀』號當頭，但表面上和平時一樣帶著笑容，我因為有特別的能力，才能看到她的變化，所以，很訝異阿京竟然察覺到她的變化。我重新打量眼前這個朋友的臉，但他似乎並不是察覺到艾蒙有什麼細微的變化。

「艾蒙嗎？她怎麼了嗎？」

「嗯，她好像從昨天開始就有點彆扭，我在想，是不是我惹她生氣了。」

這是小倆口的煩惱嗎？我原本想吐槽他，但擔心後患無窮，所以就作罷了。

「是喔，也對，她今天好像特別安靜。」

「我覺得她好像特地避開我。」

「但你們昨天不是一起去福利社嗎？」

「但在遇到你之前，氣氛超可怕。我是不是做錯了什麼？」

看到阿京一臉擔心的樣子，忍不住覺得他果然人很好。雖然這樣很對不起他，但還是忍不住對這種無關緊要的事感到佩服。換成是我，即使看到朋友有點生氣，或是心情有點沮喪，也不會因為擔心而傷了自己。但這次是例外。平時我只會提出改善的建議而已，從某種意義上來說，我是個遲鈍的人。阿京很敏感，即使是對方的事，也會在自己身上找原因，所以他不會採取我那樣的應對方式。阿京曾經說，我們之間的不同之處是「你對女生很猛烈」，但我覺得應該相反。

「會不會是你不小心批評她，結果惹她生氣了？像是說她太胖了之類的。」

「我又不是你，才不會說這種話，而且宮里那麼瘦。」

「你可能說，女生就應該像三木那樣，看起來很健康，她當然會生氣啊。」

「宮里不是避著大剌剌的你，而是避著我……」

我故意放聲笑了起來，阿京嘆著氣，低下了頭。之前因為有男生向三木告白，所以我不敢逗他，幸好他最近心情很不錯，所以我也可以損他幾句。輕鬆的氣氛比較好聊天。

「如果她真的避著你，到底是為什麼呢？她應該不是那種人，如果是空空，搞不好又在耍什麼小心機。」

「是啊。阿塚，你去問三木，看她是不是知道什麼。」

「你自己去問，啊，對了，」

既然聊到了三木，所以我決定問阿京關於空空兩天前說的話。聽她的語氣，三木拒絕那個男生的告白並不是偶然，所以我猜想，一定是空空或是阿京做了什麼。雖然那件事已經成定局，我不需要知道，但因為我完全搞不清楚狀況，這件事或許可以作為參考，所以還是想知道一下，搞不好和艾蒙也有什麼關係。

我坐在面對食堂入口座位上，看到山姆和艾蒙走了進來，所以就沒有繼續說下去。我坐在那裡不動，山姆發現了我們，用力揮著手。我也對她揮了揮手，阿京轉頭看向身後，頭頂上的符號立刻就變了。

他可能看到在山姆身後的艾蒙，察覺了什麼。我可以更明確看到兩個女生的感情變化，但我當然不會讓別人知道。山姆在我身旁坐了下來，我問戰戰兢兢地在阿京身旁坐下的艾蒙：

「妳們兩個人都是今天面談吧？」

「是啊，我和艾蒙都等著被稱讚。」

「山姆，妳別做夢了。」

原本以為她會一拳揮過來，但她今天心情很好，頭上一直頂著代表『喜』的黑桃，只罵了我一句：「王八蛋，小心我揍你。」

「先不管這個，一直到後天都不會下雨！賞櫻應該沒問題，真是太好了。大家要記得帶好各自負責的東西！」

聽到山姆笑容滿面地這麼說，我才想起原來就是後天。如果我說出口，真的會被她揍。最近我想很多事，所以經常恍神。

雖然有點晚了，但這個週末，我們要去賞櫻。成員是從去年底開始就漸漸走在一起的五個人。山姆說，不可以因為要準備考大學，就捨棄「櫻花很美」的心情。空空並不是想去賞櫻，她忸忸怩怩地說：「兩對情侶約會喔，我太孤單了。」但臉上露出不懷好意的笑容。既然是山姆邀約，阿京和艾蒙當然不可能拒絕。至於我，向來很喜歡這種活動。

只是仔細一想，就有點納悶為什麼偏偏在這個時候舉辦賞櫻？

艾蒙雖然一如往常面帶笑容，但身體微微傾向遠離阿京的那一側。阿京可能也發現了，兩個人頭上都頂著『哀』的梅花。

山姆毫不在意這些事，笑著對每個人說：

「真期待！真期待啊！」

不拘泥小事是山姆的優點，但當心情大好的她每次說話，艾蒙的憂傷就似乎慢慢膨脹。

這件事該告訴山姆嗎？但即使希望她去向艾蒙打聽，這傢伙根本不可能「不經意」地打聽。

山姆誤會了我的苦笑，「你是不是覺得賞櫻這種事，根本不值得這麼高興？」然後又對艾蒙說：「真討厭，這個人的內心很齷齪。」我只好繼續苦笑。

山姆似乎根本沒看到艾蒙的表情，連續叫了四次「太期待了！」。

這件事恐怕沒辦法請山姆幫忙。我只好放棄，而且第一次希望山姆也具備像我一樣的能力。

山姆投入開心的事和自己喜歡的事時，沒有人能夠阻止她的衝勁。我們三個人只有旁觀的份。

我用眼神對苦笑的阿京說：「你喜歡的人就是這種人。」

「我完全不知道。」

「真的嗎？」

「王子竟然不相信我，我快哭了。」

空空吸著鼻子說：「咦？我是不是得了花粉症？」然後把大學的資料從架子上拿了下來。我也基於把升學指導室當成密會場所的罪惡感，隨便拿了一本大學的考古題集。值班的老師當然不在。

「我真的不知道。難道你忘了？她可是會把所有的事都藏在心裡，然後不來學校上課的人。」

「妳說話真毒啊。」

「我並不是批評她的意思，但我現在還是不知道她那時候為什麼不來學校，希望她以後會告訴我。她是這種人，會表現出這麼明顯的態度，可見事情很大條。阿京知不知道是什麼原因？」

「他說不知道。」

明天要和山姆一起賞櫻，阿京卻很消沉。

「搞不好其實根本沒事，結果雙方產生了誤會，就好像不小心扣錯了釦子。是不是你脫了宮里的衣服，卻又沒幫她穿好？」

「妳會這麼想，我也快哭了。」

「不，你很可能會做這種事，很有可能。只要對方霸王硬上弓，你就會束手就擒吧？因為你很善良，卻又很笨。」

我想不到反駁的話，只好閉嘴。

「而且真難得啊，你竟然會來問我。你不是向來都是自己俐落地解決問題嗎？」

「才沒有，而且我也沒那個能耐。」說謊也沒意思，所以我決定說實話。「我只做自己力所能及的事，對於自己不瞭解的事向來不出手，而且覺得這是為對方著想。但這次如果有什麼問題，我希望可以解決，這不是為了對方，而是我自己這麼想。」

「…………」

「但目前完全不知道是什麼問題，原本還以為妳可以幫上忙。」

「不惜向腦袋空空的空空求助嗎？原來是這樣，所以你終於不再當王子了。」

「什麼意思啊，我從來就不是什麼王子。」

聽到空空的玩笑話，我笑了起來，但空空沒有笑。雖然不知道她是不是在看手上的資料，但她翻著資料對我說：

「你這個王子向來以對方為優先，高高在上地想要幫助對方，我最近開始不討厭你了，但是宮里就不一樣了，也許拚命努力的你更適合她，阿塚。」

空空第一次叫我這個綽號，我愣在那裡，她終於露出笑容說：「回圖書室吧。」

我聽從了她的建議，把考古題集放回書桌，思考著她這句話的意思。

不知道為什麼，那天之後，空空就不再叫我王子。

賞櫻當天。因為規定每個人要帶一樣食物，所以我把隨便炒的五人份炒麵和藍色野餐墊放進籃子，騎上騎了多年的腳踏車。

這次賞櫻的地點在西側的大公園，因為參加的人大部分都住在西側，所以決定去那裡賞櫻。如果住在東側的是艾蒙，情況可能就會不一樣，但唯一住在東側的山姆開心地說：「我會騎腳踏車飛過去！」她和我一樣都很愛運動。

我騎著腳踏車前往賞櫻地點，看到路上的行人頭上浮現了各種符號。今天的天氣很不錯，感覺很舒服，再加上是星期六的關係，感覺頭上頂著『哀』的梅花符號的人比平時少了些。

雖然天氣晴朗，是賞花的好日子，但在前方號誌燈前等紅燈的阿京頭上，仍然出現了鬱悶的感情。

「嗨！」

「喔，阿塚。」

他像平時一樣隨便打了聲招呼，他的哀傷稍微縮小了。他剛才可能很擔心單獨遇到艾蒙，雖然他應該不喜歡他之前說的可怕氣氛，但似乎更擔心如果宮里遇到自己，覺得不開心的話該怎麼辦。

號誌燈變紅燈後，我們一起騎了出去。我在心裡祈禱我們都出師順利。

騎了一會兒，阿京可能心情稍微放鬆了，頭頂上的哀傷也變小了。

「對了，阿塚，你帶了什麼？」

「嗯？炒麵。超市不是有賣麵條和調味包的炒麵組合嗎？我隨便加了點蔬菜，你呢？」

「炒麵。」

「……是喔。」

「我們就當作不知道這件事。」

「好。」

因為有空空和艾蒙參加，所以不可能每個人都帶這種茶色的食物。這時才猛然發現自己完全沒有想到艾蒙的哀傷可能越來越嚴重，搞不好今天不會來參加。正當我為自己事先沒有想到這種情況感到不安時，出現在前方的身影消除了我的不安。

我故意沒有看自己的身旁，騎著腳踏車追上了艾蒙。

「嗨，艾蒙。」

我在她身後打招呼，她的身體抖了一下，回頭瞥了我一眼，放慢了腳踏車的速度後停了下來。我們也停車後，下了腳踏車。

「阿塚、阿京，早安。」

「早、早安，宮里。」

阿京平時和山姆說話時都很緊張，但現在打招呼時，是基於不同的理由緊張。艾蒙聽了，臉上仍然帶著笑容，但感情的符號發生了變化。她原本一個人時的『哀』的梅花，在阿京的打招呼後變得更大了，而且比剛才大了很多。

幸好阿京應該無法察覺她的感情變化，但我知道原本希望時間可以解決問題的期待落空了。

雖然阿京覺得自己什麼都沒做，但艾蒙應該是為了和阿京之間的事感到哀傷。我想知道到底是什麼原因。

我們三個人決定一起去住在公園旁的空空家接她，因為昨天她半命令半要求說，如果誰早到了，就去她家接她。我率先騎上腳踏車，他們跟在我身後時完全沒有說話。原來這就是他說的超可怕氣氛。前一陣子，艾蒙和阿京關係很好，山姆還誤會他們的戀愛進展得很不錯。

嗯？搞不好就是這麼回事？不可能吧？

當我甩開對所有人都不利的想像時，剛好來到空空家。按了門鈴，身穿牛仔褲和連帽外套的空空拎著行動冰箱走了出來。

「早安，啊，腳踏車可以停在我家院子裡。」

我們聽從她的建議停好腳踏車，立刻前往約定的地點。

公園內的人比想像中更多，原本以為四月中旬應該沒什麼人了，沒想到大家都喜愛櫻花。

我們走去噴泉，那是我們約定集合的地點。

離噴泉還有相當長一段距離時，就聽到有人大聲叫著：「喂！」立刻已經發現山姆坐在噴泉下用力揮著手。

「早安！」

「山姆，妳真早啊。」

「我卯足了全力！幸好趕上了！」

山姆太興奮了，說話也有點奇怪。她對艾蒙露出笑容時，艾蒙也笑了，哀傷的梅花也縮小了，所以我也沒辦法抓她的語病。

雖然人很多，但公園很大，雖然無法坐在櫻花樹下，但我們找到了一個可以鋪野餐墊的好地方。我們兩個男生負責鋪野餐墊，幾個女生準備餐盤。

雖然賞櫻氣氛越來越高漲，但艾蒙和阿京依舊鬱鬱寡歡。我看向空空，發現她也很在意他們兩個人。

相互揣摩心思的賞櫻終於開始了，不，必須扣除一個情緒很嗨的笨蛋。

「太茶色了！」

山姆說話比平時更大聲，她開心地拍著坐在她旁邊的阿京後背，嚇得附近的鴿子都飛了起來。我和空空很雞婆地讓阿京坐在那個位置，如果是平時，阿京雖然緊張，但應該會很開心，但現在似乎更在意艾蒙。其他人應該隱約感覺到他沒什麼精神，但我看得很清楚。還有艾蒙也一樣。

不談他們兩個人的心情，野餐墊上的景象實在有趣。我和阿京總共帶了十人份的炒麵，山姆帶了炸雞塊。艾蒙不負眾望地帶了精心製作的多蜜醬汁漢堡，也同樣是茶色。空空的行動冰箱裡裝了Viennetta千層雪糕，在融化之前，我們火速吃完了。

「我家冰箱的冷凍庫有烤飯糰，要不要我用微波爐加熱一下拿過來？」

我和山姆聽了空空的話，異口同聲地說：「還是茶色。」

「沒關係啊，雖然是茶色，但感覺很好吃。我和阿京都帶炒麵，所以可能沒資格說這種話，但艾蒙的一看就很厲害，是妳親手做的嗎？」

我問坐在我身旁的艾蒙，她還沒有回答，坐在艾蒙另一側的空空就露出詭異的笑容。

「嗯，是啊，但其實很簡單。山姆的炸雞看起來也很好吃。」

艾蒙的小手指著茶色的炸雞。

「山姆，我從中學之後，就沒吃過妳媽做的炸雞。」

「難道你完全沒想到可能是我做的嗎？」

「不可能。」

山姆的頭上浮起『怒』的小方塊。不知道為什麼，艾蒙的頭上也出現了『怒』的方塊，但很快變成了『哀』的梅花。她的感情變化和之前我在食堂吃了餅乾之後調侃山姆時很相似。

到底是怎麼回事？我忍不住思考。

當我調侃山姆時，艾蒙擔心山姆會受到傷害，所以才生氣嗎？但是，即使空空調侃山姆，艾蒙也不會出現生氣的符號。難道她以為我和山姆之間有什麼關係，比方說，她誤以為山姆喜歡我，所以才會生氣？如果是這樣，她知道阿京的心意，所以會為阿京和山姆感情上的陰錯陽差感到哀傷。這樣的解釋似乎頗合理。

如果是這樣，只要澄清誤會就好。先向山姆說明情況……等一下，這麼一來，山姆可能會察覺阿京的事。還是告訴她，我喜歡的人不是山姆？不，無論怎麼想，這都不是好主意。

「宮里果然有兩下子，做的菜真好吃。」

「嘿嘿，空空，謝謝妳。」

艾蒙在道謝時，哀傷也沒有消失。

「呵呵！真的！太好吃了！」

「謝、謝謝。」

山姆頭上浮現了比平時更大的喜悅。雖然她和艾蒙的感情完全不搭調，但完全不是壞事。平時，她巨大的喜悅往往可以化解身旁其他人的哀傷。

但是，今天似乎無法這麼順利。

「宮里，真、真的很好吃。」

「呃、嗯。」

阿京勇敢出擊，卻被迎頭痛擊，沮喪地低下了頭。原本以為空空會調侃垂下雙眼的艾蒙態度太惡劣，但空空沒有說話，只是和我互看了一眼。

空空微微偏著頭，用免洗筷夾了大量阿京帶來的炒麵，沒有裝進盤子，就直接塞進嘴裡。

「吼哈嗚呼呼嘿。」

「把東西吞下去再說話！」

「……咕嚕！阿京的炒麵也很好吃，宮里，妳也嚐看看。」

空空把裝了五人份炒麵的大保鮮盒遞到艾蒙面前，她一定打算把話題轉移到阿京身上，然後試探艾蒙的想法。我原本也打算這麼做，所以很感謝空空。

沒想到，空空和我的算盤打錯了。

艾蒙剛才唯獨沒有吃阿京的炒麵，這時也急忙搖著頭說：

「我、我不要！這、呃，我、其實不太餓！」

「……喔，那我就代替妳吸收滿滿的熱量。」

空空又夾起了和剛才相同的量送進嘴裡，然後露出狐疑的眼神看了我一眼，隨即露出一貫的慵懶眼神咀嚼著炒麵。

她們說話時，我一直看著阿京，這時候很想站起來，但是，我不能這麼做。因為立刻採取行動，艾蒙就會知道她破壞了氣氛。所以，我忍住了想要站起來的衝動，只能默默希望阿京不要太沮喪。

聊了一陣子，吃了幾塊炸雞和漢堡後，我終於說：「我想去廁所，阿京，你知道廁所在哪裡嗎？」阿京發現我在對他使眼色，回答說：「那、那我也去。」說完，就開始穿鞋子。

我也穿上球鞋站了起來，阿京說：「這裡。」我就跟在他身後。

離開野餐墊數十步。雖然花了一點時間，但總算把阿京帶離了現場，我鬆了一口氣。

因為我很擔心阿京繼續留在那裡，會被『哀』的巨大梅花壓垮。雖然我知道符號不是可以實際摸到的東西，並不會真的發生這種狀況，但阿京的哀傷太大了，讓我忍不住產生了這樣的錯覺。

「我是不是、做錯了什麼？」

走到女生聽不到我們說話聲的距離時，阿京又問了之前也曾經問過的問題。即使不看他頭上的符號，也可以清楚瞭解他的感情。如果只能透過符號看出來，就只有我一個人能看到。所以我很慶幸在山姆看到阿京的表情之前，就把他帶離了現場。

「感覺她不像是心情不好。」

雖然說要上廁所只是藉口，但我們兩個人還是一起走向公共廁所。

「她是從什麼時候開始的？」

事到如今，說一些不痛不癢的安慰話也無濟於事。

「就是我去三方面談的隔天。」

「所以是在三方面談的那天發生了什麼事，搞不好只是艾蒙的心情發生了什麼變化。」

我們站在一起上廁所，阿京似乎在努力回想那天的事。

「我還是、覺得、沒有發生任何事，那天我們像平時一樣聊天，聊天的內容也不是什麼重要的事，只是說日本史的美術品題目很頭痛，差不多只聊了這些。而且是宮里主動找我說話，說是她有不懂的地方……那天早上上學的路上，她送我吃餅乾，我也很老實地告訴她，餅乾很好吃。」

「餅乾？」

是那天的餅乾嗎？

「嗯，她說是溫習功課休息的時候做的餅乾，所以給我吃。」

「是怎樣的餅乾？」

「就是很簡單的圓形餅乾。你也拿到了嗎？」

「嗯，我吃的應該就是那種餅乾，但我也說了相同的感想。」

「所以我就更搞不懂她為什麼會生我的氣。」

沒錯，完全搞不懂。

所以，照理說，阿京應該可以生艾蒙的氣。因為他根本沒做什麼，艾蒙就毫無預警地、單方面排斥他。

但是，阿京頭上並沒有浮現代表憤怒的方塊，反而發自內心地擔心自己是不是惹對方生氣了。我再度尊敬這個和我完全不同的朋友，但現在不是告訴他這些話的時候。

「對啊，要不要我直接問她？」

事到如今，我覺得這是唯一的方法，但阿京滿面愁容。

「但如果直接問她，就好像在說我很在意這件事，如果真的是我惹她生了氣，不是會讓她更不開心嗎？」

雖然我覺得他想太多了，但還是說：

「的確像你會說的話。」

那到底該怎麼辦？為了達到我的目的，也必須讓他們兩個人趕快和好。目前餅乾可說是唯一的線索。

嗯。不對啊，艾蒙當時說，還沒拿給空空和阿京吃，原來她在說謊。說這個謊到底有什麼意義？給阿京吃餅乾有什麼問題嗎？嗯。

「那我假裝不經意地和山姆聊起上次餅乾的事，搞不好可以知道什麼，這樣的話應該沒問題吧？」

「嗯，這樣應該還好。」

好，總算決定了稱不上是策略的策略，到時候再觀察每個人的內心動態，見機行事，見招拆招。很符合我的作風。

我們走回野餐墊時，山姆頭上浮現了代表『喜』的黑桃。和平時一樣。空空也同時浮現代表『樂』的紅心和代表『哀』的梅花，也和平時一樣。只有艾蒙頭上浮現了巨大的哀傷，和平時不一樣。

如果一坐下就進入正題，別人一下子就會猜到我們剛才商討了計謀，所以我打算先隨便聊些什麼緩衝一下。

明年的這個時候，我們就是大學生了。我原本打算這麼說。

「咳咳。」山姆很笨拙的咳嗽聲阻止了我的發言。

「咳咳。」山姆再度發出好像漫畫中才會出現的咳嗽聲，巡視了所有人。一直在頭上那個代表『喜』的黑桃變得更大了。

「既然你們兩個人都回來了，我有東西想要給大家看。」

她突然想幹嘛？雖然我這麼想，但看她的感情，應該是好事，所以決定把場子交給她。反正任何事都可以當作緩衝。

山姆忸怩了一下，把原本放在身後的皮包放在腿上。

「咳咳，嗯，其實我，」

山姆說到這裡，又巡視了所有人的臉。她完全沒有察覺到其他人的心思，一臉興奮的表情故弄玄虛。

「怎樣啦？」

沒有耐心的我迫不及待地問。

「好！」山姆舉起了手，「其實我帶了自己做的餅乾！來，來賓請掌聲鼓勵。啪啪啪啪。」

只有艾蒙響應山姆的要求輕輕鼓掌，其他三個人都愣在那裡。

「喂！你們這是什麼態度？」

山姆似乎對她帶來的驚喜沒有引起熱烈的反應感到不滿，空空首先說出了我的心聲。

「妳沒發燒吧？」

「啊？」

山姆瞪著空空，空空也回瞪著她。眼前的景象很奇怪，但我沒有笑，說出了阿京和空空的心聲。

「為什麼突然做餅乾？妳怎麼了？」

這句話有兩個意思。第一個意思，就是剛才說的，要幫阿京問餅乾的事。她為什麼會在這個時間點拿出餅乾？時機太巧合了，簡直懷疑她剛才聽到了我們的對話。另一個意思，就是空空和我內心的疑問。她完全不會做家事，為什麼會想到做餅乾？

「嗯，因為我想試試用這種方式轉換心情。」

即使想要轉換心情，為什麼要做餅乾？

從中學就認識她的我，還有整天和她在一起的空空都知道，山姆不會做家事的程度，比空空因為運動能力太差，不會騎腳踏車的程度更嚴重。因為她的室內鞋破了一個小洞時，她想要縫好，結果破洞反而更大了，她還說：「就當作是新手的時尚。」當然，她也完全不會下廚。

也許是因為我們臉上的表情太複雜，山姆不知道怎麼理解，突然「呵呵」笑著，說出了真相。

「我的確很難得進廚房，不瞞你們說，」

這時，艾蒙輕輕「啊！」了一聲，但山姆並沒有發現。也可能她發現了，但理解成不同的意思。

「因為艾蒙建議我，問我要不要試試。阿塚上次嘴饞偷吃的餅乾，其實是艾蒙送給我的樣品，這傢伙竟然沒打一聲招呼就偷吃。唉，想起這件事就火大。」

她的頭頂真的浮現了代表生氣的方塊，但她立刻又露出笑容，繼續說了下去。她的精神構造向來都很奇怪，所以不必為她擔心。

「艾蒙給了我這種餅乾的食譜，所以我就試做了一下。」

「喔，原來是這樣啊。既然是艾蒙的食譜，那就很安全。」

「什麼叫艾蒙的食譜就很安全！」

雖然我說那句話只是表示認同，同時也是為了緩和氣氛，沒想到艾蒙的哀傷在剛才「啊！」之後，就持續膨脹。我不禁煩惱。把食譜告訴山姆這件事不可能造成她這麼大的哀傷。

山姆頭頂上的感情和艾蒙完全相反，她滿面笑容地繼續說：

「我在這個星期練習了好幾次，應該很好吃。」

「難怪妳剛才說，幸好趕上了。」

「沒錯沒錯，你們吃看看。」

「我上次吃過艾蒙做的，所以我的標準變得超高。山姆，妳的餅乾有辦法達到我的標準嗎？」

我和山姆經常這樣的鬥嘴。

我和山姆之間不需要客套，所以從中學時就經常這樣調侃她，但絕對不是因為討厭她，或是想要傷害她。

沒想到艾蒙聽了，頭上冒出了代表生氣的方塊。她當真了嗎？我還來不及思考這個問題，山姆就說：

「我的當然沒辦法和艾蒙的相比。」

山姆說這句話時，艾蒙的憤怒突然膨脹，很快就超越了哀傷。

她應該想逃離幾乎把她壓垮的感情。因為我知道原因，所以或許大家覺得她的迴避行為很唐突，但我認為很恰當。

急速膨脹的感情有一部分洩了出來，艾蒙用力瞪了我一眼。

然後，她立刻站起身說：「我去洗手。」趿著鞋子，快步離開了。

「嗯？為什麼突然去洗手？」

身後傳來山姆的聲音，我盡可能假裝若無其事地慢慢站了起來，用眼神示意空空控制場面，也穿起鞋子。

「阿塚也去？我有濕紙巾啊。」

「等我一下，不好意思。」

「三木，在等他們的時候，我們三個人來玩抽鬼牌。別擔心，每個人心裡都有撲克牌。」

山姆聽到空空這句莫名其妙的話笑了起來，我趁這個機會去追艾蒙。

我已經不再思考到底是怎麼回事。

我也不再去想對方可能會感到困擾。

因為我想追她，所以就起身去追她了。

我立刻發現了她的身影。

嬌小的她步伐很小，轉身走向公園出口的方向。

「艾蒙。」

我追了上去，對著她的背影叫了一聲。她的身體抖了一下，頭頂上已經沒有憤怒，只有和她身體完全不相稱的巨大哀傷遮住了太陽。

艾蒙聽到我的叫聲之後，頭也不回地從樹木之間逃走。我毫不猶豫地追了上去。

「妳怎麼了？」

雖然我知道這樣很沒禮貌，但我只能問這個問題。艾蒙沒有回答，一直走向沒有人煙的草叢。

不能讓她離開，如果有必要，我會不惜硬拉她回去。

但是，我愚蠢的決心並沒有機會執行。

我不知道艾蒙是不是擔心我，她漸漸放慢了速度，然後好像終於耗盡力氣般停了下來。

我追上前幾步，也停了下來。

她是不是想要告訴我原因？

我內心充滿期待和不安，看著她嬌小的背影等待著，隨即聽到她很小聲地說：「你不要管我。」

這句話雖然小聲而簡短，卻尖銳地刺向我。

我站在原地沒有說話，她又小聲說了一句話。這次她說的是「對不起」。

我不知如何是好，只好用力搖著頭。

「不，妳不需要道歉。反而是我，覺得可能做錯了什麼，所以才來追妳。如果是這樣，請妳原諒我。」

她遲遲沒有回答，不知道是否因為幾個小孩子跑過旁邊的路，她再度向我道歉：「阿塚，你沒做錯任何事，對不起。」

「……不，是喔，那是其他的原因嗎？如果妳願意告訴我……」

「和你沒有關係。」

她明確地這麼告訴我，如果是平時，我一定會作罷。既然她不需要我的幫助，我也沒必要堅持。但是，現在不會再這麼想。

「也許和我沒有關係，但我在想，也許有我可以幫忙的地方，所以如果妳可以說，請妳告訴我。」

我也覺得自己在說廢話。她一定會重複剛才拒絕我的話，再怎麼說，也未免太不為對方設想了。

艾蒙斜眼看著陷入後悔的我，又很小聲地回答說：

「並沒有發生什麼事。」

聽到她沒有拒絕，我暗自鬆了一口氣。但是，我完全搞不懂她為什麼改變了主意。

一分鐘？五分鐘？十分鐘？在感覺很漫長的沉默後，艾蒙比剛才更用力深呼吸了幾次，似乎終於卸下了心防。

「……耍心機。」

「啊？」

我以為她在說我，但其實並不是。

「我耍了心機。」

艾蒙這時終於轉過頭看我。

我看到她的臉，覺得自己做錯了。

我不應該來追她。她一定不想被任何人看到，所以才會離開野餐墊，就好像我剛才對待阿京那樣。雖然我終於發現了這件事，但已經為時太晚了。

「我對山姆耍了心機。」

「耍心機？」

艾蒙明確地點了點頭。

「秘方。」

「……」

「我說是秘密……」

老實說，我懷疑自己聽錯了。

「……啊？」

因為我無法相信。

那麼巨大的哀傷，真的只是這個原因？

我根本沒當一回事，所以才會自以為是，大剌剌地提出解決方法。

「山姆應該不在意這種事，妳下次再告訴她就好。」

「不是，不是這樣。」

艾蒙搖著頭，終於說出了藏在心裡的事。她說了我完全沒有想到的煩惱。

「因為我覺得我的好朋友會被人搶走了……」

「好朋友？」

艾蒙默默點了點頭，我很擔心她的脖子會折斷。

「妳是說山姆？」

艾蒙搖了搖頭。這次我又擔心她的脖子會甩出去。

「是阿京。」

「阿京？」

我越來越搞不懂是怎麼回事。我鼓起勇氣，問了一個我好不容易想到的可能。

「艾蒙，妳喜歡阿京？」

「不是這樣。」

我暗自鬆了一口氣，但現在沒時間埋會自己的心情。

「其實，我也知道、自己很奇怪。」

「嗯。」我點了點頭，決定無論她說什麼，我都要聽她說。

「如果好朋友和喜歡的人感情很好，我覺得很寂寞……。我對阿京的喜歡，並不是像他對山姆的那種喜歡，雖然我們只是朋友，但我還是覺得會很寂寞，所以，就用餅乾……」

我有點聽不清楚，但還是伸長了耳朵。在艾蒙換氣時，靜靜等待著。

「我給阿京吃了餅乾，但我沒有告訴山姆秘方。我知道可以做得更好吃的方法，但我沒有告訴山姆，山姆做出來的餅乾就不會像我的這麼好吃。我也不知道自己為什麼會這麼做，我只是感到很不安。」

……我想說點什麼，努力在腦海中尋找適當的話。

但是，我腦袋裡根本沒有任何可以說的話。

我無法理解艾蒙說的感情。

因為我從來沒有體會過這種感情。如果好朋友的感情順利，會感到不安？我從來沒有想過這個問題。

是因為可能不像以前那樣，經常一起玩嗎？

但現在也不是整天都玩在一起，所以根本沒差啊。

還是擔心好朋友可能沒時間想到自己嗎？

但如果整天想著我，才更傷腦筋。

即使真的比以前疏遠了，仍然還是朋友。既然朋友能夠幸福，當然再好不過了。而且，我也會交女朋友，所以根本沒什麼好哀傷的。

我什麼話都說不出來，艾蒙再度搖了搖頭。

「對不起，對你說了這麼奇怪的話。我知道在意這種事很奇怪，也知道不應該這樣。對不起。」

「不，不用向我道歉——我才要向妳道歉。」

除此以外，我說不出任何話。

「我想要解決這個問題，所以就故意對阿京很冷淡，結果也沒辦法解決問題。」

原來是因為這個原因。

「我很害怕，即使現在是好朋友，也很害怕有一天他就不理我了。」

害怕？

她為這種事感到害怕嗎？

艾蒙這麼重視朋友，為朋友對自己的看法感到害怕。雖然知道目前場合不對，但還是忍不住對她感到佩服。

「該怎麼說呢……」

艾蒙移動著看著天空的視線，似乎在找逃走的話。

「我相信、應該是我太以自我為中心了，對不起。」

以自我為中心，就是太在意自己，和周遭人對自己的想法。

也就是說，我完全沒有這種東西。

「我只想到自己，所以想要改變。」

我不加思索地搖了搖頭。

「不需要改變。」

「這可不行……」

「不，妳不需要改變。」

重複了兩次的這句話都是脫口而出。我聽了艾蒙的話，就把腦袋裡的想法直接說了出來，就好像前幾天，艾蒙和我討論升學問題時一樣。

和那次一樣，起初我也不知道希望她怎麼理解這句話。

因為我有太多想要說的話，無法順利表達。

仔細思考之後，我覺得自己應該想要表達以下的內容。

艾蒙，妳不需要改變，現在的妳已經對我們有很大的幫助。

比方說，是妳讓山姆開始關心和她不同類型的同學。她從來沒有想過拒學這種事，妳讓她瞭解到，即使是感受方式和自己不同的同學，也可以擁有共同的樂趣，妳為山姆開拓了新的世界。

空空也因為妳而改變。我完全沒想到，在談到妳拒學的原因時，空空竟然會說「希望她以後會告訴我」。空空說話不是有目的，就是在開玩笑，但她說那句話完全沒有任何用意，而是她內心真實的想法。那是她內心柔軟的部分，相信她在山姆面前也沒有表現出這一面。空空和妳成為朋友之後，班上的同學也和她更親近了。

阿京就更不用說了。只要有妳，阿京就說不出有多高興。阿京在妳身上可以感受到某種我所感受不到的共鳴。或許並沒有很明顯，但當妳克服拒學，重回學校上課之後，的確讓阿京更有勇氣向前邁進。

妳幫助了我們很多人，所以不需要改變。

我想要這麼告訴她。

而且，我也……

想到自己，我終於恍然大悟。

「……這樣不行，對不起。」

「艾蒙，不是這樣。」

「就是這樣。」

「不，我不是這個意思。」

我終於搞懂了。但並不是知道了消除艾蒙哀傷的方法，也不是知道該如何解決她和阿京的關係。

在思考艾蒙的事之後，我突然搞懂了自己。

我終於搞懂為什麼覺得艾蒙很特別，為什麼一直在意她。

我終於茅塞頓開了。

「妳不需要道歉。」

其實很簡單。

沒錯，我其實想要以艾蒙為榜樣，我從山姆、空空和阿京身上學到了很多，我努力想要學習只能從她身上學到的東西。

只要以她為榜樣，或許可以瞭解，或許可以瞭解我以前不曾體會過的心情。

「一點都不奇怪，艾蒙，妳現在這樣就好。」

而且，我還領悟到另一件事。

這件事也和艾蒙無關，而是我自己的事。

其實那時候我很傷心。

雖然起初是學姊說她喜歡我，但和她在一起後很開心，她提出分手時，我也不是無所謂。雖然傷心，但我告訴自己無所謂，既然學姊覺得這樣比較好，那就這樣好了。

但其實我很想知道，如果我認真面對自己，是否能夠挽留學姊？是不是就不會一副欣然接受的表情，假裝自己沒有受傷？

其實我想好好受傷，到底該怎麼思考？

我想要向艾蒙學習。

我想要像她一樣，面對任何事，都可以把自己投射進去。

雖然阿京也會這樣，但艾蒙的心比阿京更加更加頑固。

「山姆和我不會這麼想。」

艾蒙一定覺得，如果自己和心愛的人在一起，就會忘記其他所有的一切。如果別人也這樣，阿京就會忘記她，她不希望阿京忘記她。

如果我也能有一點點像她那樣思考的能力，當時的分手是不是就不會那麼哀傷？

「所以，妳這樣就好，這是妳獨特的地方，妳不需要道歉。」

這是我的真心話。艾蒙真的只要這樣就好，我希望她繼續這樣。雖然這是我真的這麼想，但我知道這句話無法幫助艾蒙整理自己的心情。因為艾蒙告訴了我她內心的想法，我才能夠茅塞頓開，所以我繼續說了下去。

「也就是說，我和山姆不會這麼想，所以不會有問題。即使山姆知道這件事，也不會在意。妳看空空就知道了，她的行為遠遠超過耍小心機，她們仍然是朋友。」

「但我當時想要耍心機。」

「那妳可以之後做餅乾給山姆，然後就扯平了。我覺得這樣就好。」

「但如果下次又做這種事……」

原來她想那麼多……

她一定確信，這種哀傷和害怕不會消失，確信自己的心具備了從某種意義上來說的堅強。之前覺得教室沒有自己的容身之處時，她沒有試圖改變教室，而是自己消失。從某種意義上來說，她相信頑固的自己。

我覺得心被用力壓緊，好像有不同形狀的東西填補了不足的部分。

「這、這也沒關係。我和山姆從中學開始就是同學，我都這麼說了，而且我不知道惹她生氣多少次了。」

「我也對阿京做了不好的事……」

「阿京不會因為這樣就討厭妳，他不是那種人。」

「阿塚……」

「有！」

「你從來不擔心山姆會離開你嗎？」

她突如其來的問題讓我有點手足無措。我想了一下，還是無法有像艾蒙那樣的想法。

「沒有。無論發生任何事，她都是我的朋友。只不過太害羞了，我絕對不會在她面前說這種話。」

「難道你不覺得這種事很難說，不會感到不安嗎？」

「沒問題啦。」

沒錯，沒問題。根據我的經驗，朋友就是這樣。

我沒有說謊。

我沒有說謊，但這些話似乎無法消除艾蒙的哀傷和不安。這也難怪，她可能覺得我毫無根據。

其實有根據。

「…………」

真的嗎？

艾蒙用眼神這麼問我。

我看著她的眼睛，看著她極度不安的內心。

我終於下定了決心。

我在心裡說了聲「對不起」，但並不是向艾蒙道歉。

我知道，那件事不能告訴別人。

但是，當作這是我的第一步，所以原諒我。

我自顧自地道歉後，然後看著艾蒙的眼睛，露出了微笑。

「嗯，我覺得沒問題。」

艾蒙直視著我，我也沒有移開視線。

我想要分享艾蒙的想法，也要把我的想法分享給艾蒙，希望可以相互彌補。當我這麼想時，應該就決定了心的形狀。

「沒有啦，不瞞妳說，我……」

之前藏在心裡時，並沒有特別的感覺。

說出埋藏在心裡已久的秘密時，忍不住有點害羞。

我好像稍微瞭解了她的心情，那是無法靠符號瞭解的心情。

「鏘鏘！怎麼樣？看起來是不是很好吃？」

「喔喔，妳剛才說是妳做的，我還在想，不知道會拿出怎樣的餅乾。原來是圓餅乾！」

山姆聽到我的稱讚後瞪了我一眼，立刻得意地挺起胸膛。

「呵呵！很厲害吧？」

「嗯，咦？這是用艾蒙的食譜做的餅乾吧？好像不太一樣？」

「你發現了？我加了巧克力作為秘方。」

山姆指著茶色的餅乾，興奮地說道。空空挖苦說：「所謂秘方，就是加了之後也看不出來，妳看不出加了巧克力嗎？趕快去醫院看病。」山姆用拳頭回擊後，把裝在小袋子裡的巧克力餅乾交到每個人手上。

先給空空，再給艾蒙和我，最後交給阿京。

雖然不是特別的東西，但阿京收到山姆的禮物很緊張，我覺得很有趣，用手肘戳他。

「你們兩個男生收到女生的餅乾會不會很興奮？」

山姆滿臉喜色地問，因為阿京被她說中了，所以我代替阿京回答說：「比情人節收到幾粒糖衣巧克力高興點。」如果是平時，山姆聽到這句話就滿足了，但今天她情緒高漲，沒有放過阿京。

「阿京呢？」

「呃，啊？」

「你呢？」

「高、高興啊，很高興，看起來很好吃。」

「呵呵呵，太好了。」

山姆頭上代表喜悅的黑桃變得更大了。阿京不擅長稱讚別人，很少當面稱讚。聲援阿京的空空和艾蒙頭上的黑桃也同時變大了。阿京這麼有勇氣，我代表大家又撞了一下他的手肘。

「你們快嚐嚐，快嚐嚐！」

山姆一聲令下，我們同時打開用緞帶綁起的袋子，拿出一塊放進嘴裡。

所有人都閉上了嘴，一時安靜下來。

老實說，原本做好了心理準備，沒想到這份擔心是多餘的。

「咦？很好吃啊。」

我不加思索地說，空空也點著頭說：「對，難以想像三木參與了生產線。」

「不是參與而已，買材料、生產和運送都是我！」

「山姆，真的很好吃，加巧克力很棒。」

艾蒙面帶笑容地稱讚，完全沒有絲毫的諷刺。山姆心滿意足地舉起雙手說：「太好了。」然後又問：

「阿京呢？」

再度被山姆問到的阿京正在吃第二塊餅乾，慌忙把餅乾吞下去的樣子很滑稽。

「嗚，嗯，好吃，很好吃。」

「太好了。因為我完全按照艾蒙教我的方法去做。」

山姆再度高舉雙手，我在心裡說：「太好了。」但並不是對受到稱讚的山姆說這句話，而是對阿京和艾蒙。

而且，好事還不只這一件。

「阿京，我要吃你的炒麵。」

看到艾蒙面帶笑容地把阿京的炒麵裝進盤子，神經大條的山姆忍不住多嘴地「咦？」了一聲。她可能下意識知道，這並不是多嘴。

「妳剛才不是說肚子很飽嗎？」

「好像是錯覺，而且，吃完甜食後想吃點鹹的。嗯，好吃。」

阿京看到艾蒙對他露出笑容，露出錯愕的表情，但隨即也笑逐顏開，頭頂上出現了代表喜悅的黑桃。

太好了。我發自內心這麼認為。

所有的問題都解決了。

「今天來賞櫻真是太好了。」

我突然這麼說，當初提議來賞櫻的山姆得意地挺起胸膛說：「我就說嘛！」空空立刻潑冷水說：「如果妳考大學失利，大家一起會笑妳。」山姆立刻用手刀還擊，阿京和艾蒙都笑了起來。

所有人頭上都浮著黑桃和紅心。

啊，我又發現了一件事。

原來我不是為了別人，而是我看到這一幕感到很高興。

當我發現這件事時，學姊當時說的那句話似乎終於從耳邊消失了。

關於那個秘密，其實並不是什麼大不了的事。

我在中學二年級時，第一次交了女朋友。

當時，我和現在一樣熱愛運動，對戀愛一知半解，也沒有太大的興趣，只知道如果有關係好的女生就要交往。

於是，我就和當時關係特別好的女生交往了。和她在一起時很自在，也比和其他人在一起時開心。我覺得自己可能喜歡她，也以為那就是戀愛。

對方似乎也有相同的想法。「我們交往好嗎？」「嗯。」於是，我們決定談戀愛。

但是，交往一個月後，我們兩個人應該幾乎同時發現一件事。

咦？好像不一樣？

社團活動結束，我們一起吃冰淇淋時突然這麼覺得。這時，她問我：

「你會不會覺得不一樣？」

那時候我第一次發現，好朋友和戀愛不一樣。把對方視為朋友而喜歡，和視為異性而喜歡不一樣。

回想起來，連牽手這件事，我們也因為害羞而不想牽手。

我們很快就分手了，雙方都為把朋友當成異性看待這件事感到難為情，所以接下來那段時間，我們之間的關係也有點尷尬。

但這段尷尬期很快就過去了，一個月後，我對這件事一笑置之。因為我發現自己很蠢，笑著看待這件事才不會害羞。

她也跟著笑了起來，但內心似乎仍然感到害羞。如果出於真心把我當異性看待也就罷了，當時只是搞不懂什麼是戀愛。

這種害羞似乎逐年增長，中學畢業時，已經完全變成朋友關係的她再度重提我幾乎快要忘記的這件事。

你要向我保證，絕對不會把這件事告訴任何人。

我點了點頭，和一臉通紅的她勾手指發誓。

「我可不要吞一千根針。」

「啊？你說什麼？」

「不，沒事。」

我們在公園的水龍頭前洗保鮮盒，山姆聽到我的自言自語，轉頭看著我。

雖然我沒辦法吞一千根針，但改天可以讓她飛踢我一腳。

接過最後一個保鮮盒，用毛巾擦乾後，我們兩個猜拳輸掉的人決定回去野餐墊那裡。

山姆哼著歌，開心地大步走在公園內。看著朋友的背影，突然覺得即使對方無法理解，也想要告訴她。

我想要告訴她在面對自己的感情後瞭解到的感受。

「下一次，就不會再搞錯了。」

原本以為山姆聽到我這麼說，一定會露出納悶的表情問：「啊？」

沒想到山姆不再哼歌，繼續大步走著，頭上的黑桃膨脹得很大。

然後，她抬頭看著天空說：

「我也一樣。」

「啊？」

我忍不住停下了腳步，山姆也停了下來，轉頭看著我說：「因為我按照艾蒙教我的去做了。」

山姆說完，再度邁開步伐，看到我的好朋友拿著還沒洗的保鮮盒走過來，全速跑了過去。

我愣了一下，隨即發現我們還是完全搞不清楚狀況，忍不住覺得很好笑。

小↓禾←必↑宓→山

十年後的自己：

好久不見。我目前是暑假，妳剛好是假日嗎？妳還記得這封信嗎？我覺得妳應該會記得。雖然我無法想像妳目前的樣子，但總覺得妳會記得這封信。如果妳已經忘了，那就對不起了。

妳

這封信只寫到這裡。都已經過了三天，仍然不知道接下來該寫什麼。

今天是不需要補習的星期六，雖然是暑假期間，而且是週末，但我們這些考生有很多事要做，所以照樣來圖書館。

上午的圖書館自習室很安靜，只有幾個考生在讀書。四人坐的桌子空著，所以我專心讀了兩個小時數學，趁休息的時候把信拿了出來。

原本以為今天應該可以寫出點東西，所以拿起了筆，但盯著這封信看了十分鐘，還是寫不出一個字。

我甚至不曾寫信給朋友，寫信給自己的難度太高了，而且還必須寫給未來的自己。我連幾個月後要報考的大學都還沒決定，寫這封信壓力太大了。一個星期後就是截止期。該怎麼辦呢？

我正在想這些事，看到有人拉對面那張椅子。

「阿京，早安。」

「宮里，早安。」

我們小聲打了招呼，他在對面的座位坐了下來，從書包裡拿出筆和講義開始讀書。成為考生之後，週六和週日經常在圖書館遇到，所以打招呼也都很簡單。

我收起了信，開始讀日本史。在朋友面前寫信壓力也很大。

雖然中途去上了廁所、喝了飲料，但基本上又認真讀了兩個小時。

下午一點左右，我和阿京小聲討論後，決定出去吃飯。上午來圖書館讀書時，都會在讀到一個段落時去吃午餐。成為考生之後已經有多次這樣的經驗，所以很快達成了共識。

走出圖書館，剛才被牆壁擋住的蟬鳴聲和高溫一下子撲向身體。情緒突然高漲，我用力伸了一個懶腰。

每次都去相同的地方吃午餐。地點就在走路五分鐘左右的超市美食廣場，那裡有麥當勞、章魚燒店和烏龍麵店，雖然只有這三家店，但一個星期只吃兩次，不至於覺得膩，所以我們每次都來這裡。

上個星期剛來過的那家店的菜單完全沒有改變。

倒是我自己，已經和上個星期不一樣了。

「啊啊啊，對不起。」

阿京心不在焉，在麥當勞的收銀機前把零錢掉了一地。

我正在烏龍麵店前排隊，只能默默看著他。阿京最近經常這麼冒失，不知道他怎麼了。

一定和山姆之間發生了什麼，這是造成他情緒不穩定的唯一理由。

阿京在等薯條炸好時，我已經端著豆皮烏龍麵回到座位上等他。不一會兒，阿京端著漢堡套餐，一臉苦笑地走回來時說：「好丟臉。」他似乎真的覺得很丟臉。

「你怎麼了？最近好像經常這樣。」

我故意促狹地問。

「嗯，」阿京並不知道我察覺了他的戀情，先應了一聲試圖掩飾，又接著說：「沒事啦。」

「原來是秘密啊。」

「沒有啦，真的沒事。」

「是喔，果然是秘密。」

阿京露出不知所措的表情。最近我也發現了捉弄別人的樂趣。雖然目前只敢作弄阿京。

「對了，」阿京看到我一臉賊笑看著他，非常明顯地改變了話題，「妳在圖書館寫的信，是時光膠囊的信嗎？」

「對啊，但完全想不出要寫什麼，所以一直寫不下去。你已經寫好了嗎？」

「沒有。我完全想像不出十年後的自己是什麼樣子。」

「對啊，我連自己二十歲時什麼樣子都想像不出來。不知道會不會有喜歡的人，阿京，你呢？」

「啊？呃、嗯。」

阿京這個人很不會掩飾。

我突然想乾脆由我主動告訴他，我知道那件事。這樣的話，我就可以聽他傾訴，也可以減輕他的煩惱，也不會讓麥當勞的姊姊對他露出苦笑了。沒錯沒錯，考生不應該煩惱。

雖然這幾個月一直假裝不知道，但我下定決心，打算主動提起他喜歡的對象。這時，他突然看向我的後方，從他身體衝出來的箭頭貫穿了我的身體。

啊，並不是只有我們兩個人而已。我這麼想道，問了一聲：「怎麼了？」一同時轉頭看向後方，果然看到山姆和空空拿著冰棒的袋子，正準備走出超市。因為我聲音很小聲，所以用力向她們揮手，空空先發現了我，也向我揮手。她的身體也發出了箭頭。

山姆看到空空的動作才終於發現我們，也向我們用力揮手，身體發出的箭頭貫穿了我。

即使我的身體像昨天在電視上看到、插滿竹籤的蒲燒鰻魚一樣也沒問題，我向阿京提議，移到旁邊四人坐的桌子。

我和阿京坐在對角線上，一路小跑過來的山姆喊著：「早安！」在我旁邊坐了下來。

吃著冰棒的空空也跟著走了過來，坐在我對面。

「真是青出於藍而勝於藍。」

空空沒有打招呼就直接說道，阿京和山姆都露出納悶的表情，山姆甚至真的「啊？」了一聲。

我大致可以猜到空空想要表達的意思，雖然也很擔心自己猜錯了，但還是決定說出自己的想法。

「妳是說，西瓜冰棒比西瓜更好吃嗎？」

「宮里果然厲害。妳看看這兩個人，一點都不開竅，兩個人都露出傻傻的表情，你們乾脆交往算了。」

我既慶幸空空說中了我原本想說的話，但又同時擔心空空幾乎快踩到紅線了。但他們兩個人比我更緊張，手足無措，同時想要改變話題，異口同聲地說：「啊，對了」，結果兩個人都說不下去了。

我和一臉賊笑的空空互看了一眼，也忍不住竊笑起來。

我看著他們兩個人可愛的慌亂樣子，在烏龍麵變軟之前，趕緊吃進了肚子。

我們在圖書館讀書到六點，目送山姆騎著腳踏車，飛快地騎向東側，以及住在圖書館附近的空空離去後，又只剩下我和阿京兩個人。

因為我們住在相同的方向，所以在圖書館遇到時都會一起回家。

只剩下我們兩個人時，阿京重重地吐了一口氣。每次發現他覺得和我在一起很自在，就會忍不住竊喜。我和阿京單獨在一起時，也覺得很自在，只是覺得很害羞，所以從來沒有告訴他。

「山姆今天也活力充沛。」

「是啊，她不管晴天雨天都一樣。」

阿京也一樣，不管是晴天還是雨天，只要提到山姆的名字，說話的聲音就很興奮。

我覺得他很厲害。因為我從來沒有這麼喜歡過一個人。

啊，對了對了，在空空和山姆出現之前，我原本打算告訴阿京，我知道他喜歡的人。

嗯，就趁這個機會告訴他。

「我跟你說，」我下定了決心，準備告訴阿京時，他竟然也同時對我說：「我跟妳說，」簡直就像和聲一樣。

我們都很驚訝，隨即笑了起來。我讓阿京先說。

「阿京，你先說吧。」

「謝謝，我想和妳討論一件事。如果妳不知道，不回答我也完全沒關係。嗯，可以請妳用輕鬆的心情聽我說嗎？」

「嗯，好啊。」

聽到他有事想和我討論，我不由得高興起來。

「其實，有人叫我和三木報考同一所大學，妳覺得怎麼樣？」

「誰？」

「三木。上次她突然這麼對我說，我搞不懂是什麼意思，所以想問問女生的意見……」

「……」

這種事有什麼好煩惱的。我完全不會這麼想，如果我遇到同樣的事，應該也會有和他一樣的反應。

原來是因為這件事，所以他經常魂不守舍。

「我不太清楚，科系呢？」

「三木給了我大學的資料，我發現也有我想讀的科系。」

「那不是很好嗎？」

「但錄取分數比我目前的第一志願更高。」

「那就好好努力啊。」

「……我只是在想，為什麼在這個時候突然向我提這件事，是不是師父搞的鬼？」

阿京起初只是遵從空空的指示稱她為師父，最近似乎覺得這個稱呼很有趣，所以繼續這麼叫。雖然表面上這種變化沒有任何意義，但我覺得很有意思。

「妳剛才想對我說什麼？」

照理說，阿京可以大談特談自己的煩惱，但他還是把機會讓給了我。

既然他問了，那我就說囉。我帶著開玩笑的心情，決定把這幾個月來，一直知道他的秘密這件事告訴他。

「先不管是不是空空在搞鬼，如果可以和山姆讀同一所大學，你不是很高興嗎？」

「嗯，是啊，是這樣、沒錯啦。」

看到他像往常一樣吞吞吐吐，我不禁有點驚訝。

「咦？我知道你的心意，你竟然一點都不驚訝？」

「……咦？因為，呃？」

阿京的反應讓我很洩氣。

「早知道我之前就可以鬧你了。」

「不要啦，阿塚和師父整天都在調侃我，那妳就繼續假裝不知道好了。」

「我不要。既然她邀你讀同一所大學，不是好事嗎？你要不要先預約向她告白？說考完大學後，要向她告白。」

「這根本已經是告白了。」

「那就乾脆向她告白啊。」

「妳用這種方式鬧我？原本覺得如果我考大學失敗，都是阿塚和師父害的，現在妳也有份。」

「這樣也不錯啊，可以和山姆約定，一年之後，一定會去找她。」

「啊，我朋友竟然說我考不上大學也不錯。」

阿京雙手捂著臉，假裝很沮喪。我有點慌了，但真的只有一點而已。幸好阿京立刻笑了起來，讓我知道他是假裝的。我也立刻笑了笑，以免他擔心我生氣了。

「不管是基於什麼理由，既然山姆邀你，那你就好好努力啊。」

「真的就只是這樣而已嗎？」

「山姆這個人很率直啊。」

阿京應該知道，我這句話的意思是，山姆和我們不一樣。阿京也喜歡山姆這種直接坦率，而且喜歡得不得了。這麼一想，連我都感到害羞了。

「我在想，會不會是什麼計謀。」

啊，他可能想起之前洗髮精的事了。都是我的錯。雖然現在道歉也沒有用，但我決定告訴他一件事。

「山姆應該沒有閒工夫想這件事，她現在正專心向目標衝刺。」

「三木的專注力真的超驚人，連師父鬧她，她也完全沒發現。也許是因為之前是田徑隊的短跑選手，才會有這樣的專注力。」

阿京應該沒發現自己在說山姆的事時總是眉飛色舞，如果他知道了，一定會很難為情，以後就不會再和我聊山姆的事了，所以我今天也沒告訴他。

所以，我也沒有糾正他的小誤會。

沒有任何秘密。

應該說，想瞞也瞞不了。

阿京和我一樣，對自己完全沒有自信，因為他完全沒有往那方面想，所以才沒有發現。山姆，太危險了。

我完全不知道大學那件事，猜想可能是空空慫恿山姆，所以星期一補習結束，圖書室也關門之後，我在回家路上問了空空這件事。

「妳去翻翻她的字典，她的字典上根本沒有謹慎這個字，還有，也沒有商量這個字。」

「所以妳也不知道嗎？」

「我完全不知道！難怪阿京這幾天很緊張，他們兩個人是小學生嗎？宮里，妳要不要吃PINO冰淇淋？」

「好啊，我要。」

空空撕開了剛才在便利商店買的PINO冰淇淋的包裝，連續拿了三個放進嘴裡，「唏哈呃吼嘿妳。」把剩下的冰淇淋連同容器一起給了我。她之前也用相同的方式請我吃，所以我心存感謝地接過小叉子。我最近終於瞭解，朋友之間不需要太客套。

我們一起走在回家路上，已經六點了，天色還很亮。

「從某種意義上來說，這是山姆和阿京的秘密，雖然根本就像是反穿的T恤。」

「宮里，妳根本是詩人！沒錯，其實周圍的人早就看出來了，但兩個當事人還被蒙在鼓裡，沒有發現彼此的心意，就好像去看音樂劇只看到後台。嗯，連我自己都搞不懂這個比喻是什麼意思。」

空空和往常一樣，今天也很開心，但並不是因為夏天是她最愛的冰淇淋感覺最好吃的季節。

「空空，她竟然沒有找妳商量，真是太意外了。」

我發自內心地這麼覺得，空空用老腔老調的語氣說：「會感到意外嗎？她這個人很純情，會覺得主動說這種事很難為情，雖然旁人早就看出來了。」

「真的早就看出來了。」

「但她還以為別人都不知道，而且他們雙方也真的都不知道，最糟糕的就是他們兩個人都把心意藏起來，最後兩個人都不知道藏去哪裡了。人很容易忘記把心意和時光膠囊藏去了哪裡！」

「妳的表情超帥！」

先不管帶著超帥表情把臉湊過來的空空，但她說的很有道理。在談到時光膠囊時，大人都說忘了藏在哪裡，我猜想應該隔太久了，或是對其他事產生了興趣。

如果山姆和阿京也變成那樣，未免太令人難過了。

「考大學當然很重要，但目前最好能夠用某種方式讓他們確認彼此的心意。三木應該是為阿京著想，才會提出這個幾乎會曝露她心意的提議，所以在考完之前，她應該不打算說出來。」

「嗯，我也這麼覺得。」

「那來改變規則！」

「嚇死我了！」

空空說話超大聲，我經常被她嚇到。在路旁睡覺的貓也跳起來逃走了。

空空完全不在意，繼續說著她臨時想到的主意。

「我之前說，要把寫給自己的信放進時光膠囊，我來改成寫給其他四個人。」

「啊？然後在十年後交換嗎？」

「不，如果是這樣，可能不會寫真心話，所以要設定在十年後，還是自己看這些信，到時候就可以看看，十年之後，對別人的心意是否不一樣了。這麼一來，他們兩個人不是就會寫下真實的想法嗎？趁這個機會明確自己的心意之後，就不會忘記了。」

原來還有這一招。我忍不住拍手。

「啊，但是大家會不會已經寫好給自己的信了？我還沒有寫好。」

「那就沒問題了，其他三個人不可能已經寫好了，老實說，其實我根本沒什麼話要對自己說。」

「空空，明明是妳提議的！」

「雖然是我提出來的，卻什麼都沒有做，是不是很像那些政客？」

空空被自己說的話逗得哈哈大笑，完全沒覺得不好意思，我也不認為之前已經想了那麼久很不值得。因為對別人的感覺很容易寫，而且也更有趣。既然不需要給別人看，就可以盡情地寫。

我正在思考第一個要寫給誰，空空發出嘻嘻嘻的笑聲，一臉好像知道什麼秘密的表情說：

「那傢伙喜歡裝模作樣，只要寫下來，就不會忘記了。啊，這是我的自言自語！並不是有什麼含意，希望妳特別記住的話。」

「啊？什麼意思啊？」

我聽不懂她的意思，露出困惑的表情，空空笑得更開心了。不知道她長大以後會變成什麼樣的大人，我不由得開始期待寫信了。

她說的那傢伙是阿塚嗎？阿塚和空空之間發生了什麼嗎？

我一路想著這些事，很快就到了分別通往我們家的十字路口。

在宣布改變規則後，只有山姆一個人反對。

「我都已經寫好了！」

我聽了立刻覺得山姆好厲害。她一定清楚地看到了自己光明的未來。

山姆抓著空空的兩側臉頰向她逼近，因為她太可憐了，所以我提出了折衷方案，除了寫信給其他人，也要同時寫給自己的信，但可以寫得短一點，才終於達成了協議。

山姆似乎覺得寫信給其他人這件事很有趣，還開心地說，剛好可以在讀書的空檔放鬆一下。

空空趁山姆不在時，把阿京逼到牆邊，好像在恐嚇般告訴他這件事後，他的反應讓人很傷腦筋。

「反正不必給別人看，想寫什麼都可以。」

阿塚輕鬆地說，阿京一臉為難地「啊？」了一聲。

阿塚的話完全沒錯，但我也能理解阿京的心情。即使不說出來，即使對方不會知道，仍然覺得自己這種人，真的可以做這種留下痕跡的事嗎？

即使這麼想，我還是覺得阿京可以寫下目前的心意，所以我也推了他一把說：「就是嘛。」

回家的路上，我和阿京，還有空空一起去了文具店。這當然不是我的主意，而是空空決定的。因為她得知阿京打算用筆記本的紙寫信後，要他來買正式的信紙和信封。

「用筆記本的紙寫，一點都沒情調，太沒情調了。」

阿京挨了空空的罵之後，選了讓人聯想到無限未來的水藍色信紙。我也順便買了小貓報頁碼的便利貼，空空買了草莓味的橡皮擦，然後我們一起走出了文具店。

回家之後，在寫給另外四個人的信中，我先寫了第一封。

寫給自己的信想了半天也寫不出來，寫給朋友的信卻很簡單。由此得知，我喜歡這些朋友更勝於自己，忍不住高興起來。

但之後又忍不住思考，不知道其他人怎麼寫我，結果比平時更晚睡著。

阿塚：

老實說，我目前的心情就是覺得很丟臉。自從四月的時候被你看到我哭之後，被你看到我很糟糕的一面之後，其實我一直覺得很丟臉。雖然覺得很丟臉，但我更感激你。你為了安慰我，不惜說出自己的秘密。雖然你看起來很大剌剌，但其實比任何人更關心每一個人，我很尊敬你的踏實。因為你很踏實，十年後，一定可以實現夢想，或許會為了時光膠囊特地從國外趕回來，搞不好到時候會因為怕老婆或是怕女朋友而傷腦筋。在其他四個人中，你和我不一樣的地方最多，希望我們十年後，也仍然是朋友。我會努力成長，希望在你沮喪的時候，我也可以安慰你。對了，和你成為朋友之後，我從來沒有看到你的箭頭。除了夢想之外，我也會聲援你的箭頭。

那一週的週日有記敘體的模擬考試，一大早，就有很多人聚集在附近的補習班準備參加模擬考。阿塚和我在同一間教室，但我們的座位並不在一起，午休的時候，我們一起去食堂，我吃便當，他吃在便利商店買的三明治，在其他教室考試的另外三個人也紛紛走了過來。

「不好意思，打擾你們約會了。我可以坐在這裡嗎？」

空空輕聲細語地問，一副老神在在的樣子。雖然不是正式考試，但我還是從頭到尾都很緊張，看到她的表情，立刻化解了我的緊張。

山姆和阿京也很快就到了。雖然在不同的環境，但我們五個人還是聚在一起，為我這個膽小的人壯了膽。

我們先討論了模擬考中這一題很難，那一題的日譯英用了怎樣的句型這些很像是考生的話題，漸漸聊到了時光膠囊的事。因為改變了規則，所以截止日從兩天前的星期五延到了兩個星期後。

「大家都寫完愛的告白了嗎？如果不趕快寫，我就要獨佔所有人的愛囉。」

空空似乎很樂在其中，聽到她這麼說，不禁有點提心吊膽，但我忍不住看向阿京他們，顯然也是共犯。而且，我知道空空是明知故犯，所以根本無法阻止她。

「哇，我只寫了阿塚的壞話而已。」

山姆的話，一聽就知道是為了掩飾內心的害羞。阿塚也笑著回答說：「我也只寫了妳的壞話。」空空露出簡直有點滑稽的溫和笑容插嘴說：「我最喜歡你們兩個人了。」阿京面帶微笑看著他們。

身處熟悉的景象似乎有助於平靜心情，下午的科目考得很好，讓我對考大學又多了一份自信。

回家的路上，我們去附近的漢堡店閒聊了三十分鐘後就解散了。考生沒有時間休息，大家回家之後還要繼續用功。

今天早上是媽媽開車送我去補習班，所以回家的路上，阿京騎腳踏車載我。雖然不遵守交通規則，但反正距離很近。

阿塚的腳踏車上也載著空空，兩輛腳踏車並排騎在沒有車子的路上。如果山姆也住在這個方向，阿京就可以載她，但果真這樣的話，阿京可能會緊張得跌倒。想到這裡，我忍不住笑了起來。

揮手向阿塚他們道別後，我對阿京說，可以自己走路回家。阿京說難得載我，所以就讓他送我到家門口。

騎到一半時，阿京問我：「妳剛才在笑什麼？」

「我剛才想到，如果不是我，而是山姆坐在這裡，你一定會緊張得跌倒。」

「妳竟然想這種事。不過，嗯，有可能。」

「對不對？你已經寫好給山姆的信了嗎？」

嚴格來說，並不會寄給對方，所以說是寫給對方的信有點奇怪。

「還沒有。」阿京搖了搖頭。

「一定要寫真心話喔。」

「嗯。」

「我沒有開玩笑，而是真的希望你這麼做。」

當我說出自己的想法後，阿京有好一陣子沒有說話。他是不是覺得我多管閒事，所以生氣了？我有點緊張，阿京慢慢停了下來。我家就在前面。

我向他道謝後，下了腳踏車，阿京沒有看我，自顧自地說：「因為很害怕。」

「謝謝你。」

其實我知道他在說什麼，但我非問不可。我覺得很對不起他。

「害怕什麼？」

阿京露出空空調侃他時的困惑表情轉頭看著我回答說：「很多事。」

是啊。很多事都很可怕。我忍不住想道。

我們揮手道別，目送他離去後，我對著相反的方向祈禱，希望不會造成他的壓力。

空空：

不久之前，我有點怕妳。因為我覺得好像心裡想的事全都被妳看穿了。

雖然妳平時總是很開朗，也很愛搞笑，但我覺得真正的妳好像一直注視著別人的心，所以讓我感到很害怕。但是，現在不會有這種感覺了。如果妳知道我這麼想，也許會很生氣，但我猜想妳有某一部分也和我一樣，覺得別人有點可怕。是我想太多了嗎？無論如何，不管是表面上快樂的妳，還是內心那個會一直注視別人的妳，我都很喜歡。我相信十年後，妳還是妳，希望妳就這樣長大，變成很有魅力的大人。這件事只有我知道，妳不惜壓抑自己的心，也希望喜歡的人幸福，我衷心希望這樣的妳也能夠得到幸福。

今天也是補習的日子，平時放學之後，都會直接去圖書室，但今天山姆說：「我要吃甜食！」所以我們就一起去食堂吃點心。除了阿塚以外，所有的人都到齊了。阿塚今天也在操場上奔跑。

山姆買了巧克力螺旋麵包，我們三個人買了冰淇淋，一起坐在食堂的角落，為腦袋補充糖分。

「寫信還順利嗎？」

空空不是用明治超級杯冰淇淋所附的小木匙，而是拿著吃咖哩的大湯匙，邊吃冰淇淋邊問道。

山姆平時總是很有精神地回答，但她現在像松鼠一樣，嘴裡塞滿了麵包，所以我回答了這個問題。

「嗯，已經寫好一半了。寫給自己的很難，給別人的信很快就寫好了。」

「不愧是宮里，其實我完全都沒寫，借我參考一下。」

「違規！」

已經把麵包吞下去的山姆吹響了哨子。空空開心地吃著冰淇淋說：

「呿，竟然沒有上當。」

「我好想知道宮里心裡的想法，真想看看妳覺得山姆有多笨。」

「艾蒙才不會寫這些！」

「對啊，我從來不覺得山姆笨，只是有時候覺得她有點危險。」

「啊啊啊啊啊啊啊！」

山姆聽了我的玩笑，就像之前演戲時一樣，仰望著天花板說：「竟、竟然說我危險。」雖然她並不是真的受到打擊，但我還是安慰她說：

「開玩笑，開玩笑，我還沒寫妳的信，我不會寫妳的壞話，給妳看也沒有關係。」

我真的沒有惡意，只是圓場而已。

但我為什麼要說這句話。

雖然大家都很輕鬆地在聊天，為什麼我會說出這種不經大腦思考的話。

雖然我事後這麼想，但已經來不及了。

「喔？那就這麼辦？」

空空開玩笑地附和道，這時候，我應該回答說：「開玩笑，我是在開玩笑。」

但是，聊天時，對話並不是像一個個零星的水窪，只要看著這些水窪踏出一步，然後一直重複這個動作就好。

對話是更大的水流，就像河流一樣。

「就這麼辦！這樣更好玩！」

我並不知道當大家一起形成河流時，需要有極大的力量才能阻擋流水。

「嗯嗯，好主意！」

山姆雙眼發亮，頻頻點了好幾次頭。談話流向了意想不到的方向，我努力試圖阻擋。

「但是，有些真心話不想讓別人看到。山姆，妳應該也有吧？」

「不，我沒有，全都可以公開。雖然會覺得有點害羞，但反正是十年後的事，只是當事人看的話，我無所謂啊。」

聽到她的回答，我說不出話。

雖然之前就知道，但今天又再次確認了這件事。

山姆真的太單純了。

她一定真的認為即使全部告訴大家，全部給大家看也沒問題。

她對自己的心有十足的自信。

山姆太耀眼了，我一時說不出話，忍不住看向空空，發現空空正看著阿京。沒錯，這原本就是為阿京和山姆安排的計畫，所以空空應該認為要由阿京決定，只要阿京也同意就沒問題。

我也看著阿京。在我從他的表情中瞭解到什麼之前，山姆清脆響亮的聲音就和箭頭一起貫穿了阿京。

「阿京，你覺得呢？」

我猜想山姆這句話不僅是問這個遊戲的規則而已，所以，我發自內心擔心，不知道阿京會怎麼回答，我只希望他不要欺騙自己。我很擔心阿京像往常一樣，點頭同意山姆的提議，然而在信上寫下不真實的內容。

但是，並沒有發生我擔心的狀況。

「……我不要。」

這個聲音很小，但我相信山姆聽到了。阿京露出難掩困惑的眼神看著山姆的眼睛，明確地搖了搖頭。

阿京立刻移開看著山姆的視線，轉頭看著我，但他那句話具備了阻擋流水的力量。因為每個人都知道那是他發自內心的真誠拒絕，所以我不由得感到害怕，很擔心山姆會生氣。比起害怕別人發生衝突，我更害怕山姆的心，萬一她的箭頭變成奇怪的形狀，到底該怎麼辦。

「嗯，是喔。」

山姆似乎感到很遺憾，她嘟起嘴巴，似乎感到懊惱，而且有點受傷。雖然空空隨即像往常一樣搞笑，也像平時一樣聊天，但山姆和阿京都沒有再說話。

回家的路上，和山姆道別後，我真心希望她還沒有改變的箭頭明天也可以維持相同的方向。

空空、阿京和我三個人一起走回家時，空空最先開了口。

「她只是在鬧彆扭，到了明天，她就忘記了，所以別在意。」

空空笑著說道，好像根本不當一回事，但她知道阿京不可能不當一回事，所以才這麼說。

「嗯。」阿京應道。

「我對你刮目相看。你明明可以點頭同意，然後寫一些無關緊要的話，十年後交給大家，但你勇敢地拒絕了。真厲害啊。」

我也有同感，但因為我瞭解阿京的心意，所以才會這麼想。山姆並不知道他的心意，或許會以為阿京對她有什麼不好的看法，不想被她知道，所以才會拒絕，所以才會直到臨別前，都沒有直接和阿京說話。

「嗯。」阿京又應了一聲。

他應該聽到了空空安慰的話，但沒有餘裕好好咀嚼。他內心應該像狂風暴雨般亂成一團。我和阿京都屬於這種人，會因為別人的一句話、一個動作感到不安，如果對方用明確的方式表現出來，在對方清楚說明其中的心情之前，就會深深受到傷害。

這種時候，我希望聽到怎樣的安慰？但我無法像山姆一樣，也無法像空空或是阿塚那樣，所以我想不到任何安慰的話，讓空空一個人安慰阿京。

我們很快來到了路口，必須各走各的路，但並不是指人生的道路，而是回家的路，我和阿京必須和空空走不同的路。

站在丁字路口時，我發現空空沒有像平時一樣直接揮手道別，而是猶豫了一下，但她可能認為這樣反而會造成阿京的負擔，所以眼神交會後說：

「那就明天見囉。」向我們揮手道別。

短暫的沉默，好像眼前的風景都變成透明。阿京隨即走向我們兩個人的家所在的方向，我也跟了上去。

我想要仔細斟酌後再說話，但走了幾步，阿京主動開了口。

「我沒事。」

他露出尷尬的笑容說道，我的鼻子深處，就像吃了山葵那種感覺。我最怕這種狀況。

「我猜，你在說謊，對不對？」

他沒有回答我的問題，又「嗯」了一聲。我又繼續追問：

「我可以問你一個問題嗎？」

「什麼問題？」

我並不是想要知道答案，而是想知道對阿京來說，這件事有多重要。

「你剛才為什麼說不要？」

我以為他不會回答，但我猜錯了一半，猜對了另一半。

阿京沒有正面回答我的問題。

他的回答聽起來好像完全無關，但他試圖回答和這個問題密切相關的問題。

「我決定不改報考的大學。」

我忍不住停下了腳步，甚至無法發出驚訝的叫聲。阿京心地善良，即使身處狂風暴雨之中，仍然會傾聽他人說話。他走了幾步之後停了下來，轉過頭，再度露出了笑容。

「我已經、決定了。」

「為、為什麼？」

阿京又「嗯」了一聲，但這次還有下文。

「因為我覺得不可能。」

「那所學校的錄取分數的確有點高。」

其實我知道不是這個原因。雖然目前對我來說，錄取分數、成績的確很重要，但我心裡很清楚，現在並不是在談這種無聊的事。只不過有時候說話的內容可以影響心情，所以我故意裝傻。

雖然並沒有特別的意義。

「開始寫信之後，我第一次認真思考到底該怎麼辦，但我還是覺得不可能，我不配……」

我知道阿京並不是停頓，而是他不會繼續說下去。我知道他很害怕，雖然知道，卻不願承認，所以無法說出口。

「只有妳能瞭解。」

我知道他這句話的意思。他這麼說，是想要尋求我的共鳴。宮里，妳應該能夠瞭解吧？遺憾的是，我幾乎真的可以想像他的心境。因為我也是帶著「我不配」、「我這種人不可能」的想法長大。我知道每個人都有自卑，只是不知道為什麼，我和阿京的這個部分生下來就特別大。

所以我知道。但是，在和阿京，還有其他人成為朋友之後，我不再認為回答說：「我知道」，然後認同對方才是朋友。

「不行。」

我用力吸了一口氣。

「如、如果你要放棄，就認真放棄，不要說什麼不給別人看，而是寫在信上，說對她完全沒有感覺，然後交給山姆。」

我的聲音變得很尖，而且在發抖。我知道自己太多管閒事。我不配。

「即使你對我說，也沒有意義。」

如果阿京說的話並非事實，只要否認他的話，就可以輕鬆改變他的心意，只要我當壞人就好。我之所以沒有這麼做，絕對不是因為不希望自己被討厭，只是如果沒有下定決心，心願就成真，如果心願只是基於惰性而成真，阿京之前一直發出的箭頭就失去了意義。那麼強烈的感情，絕對不是只要被動實現就好。

「阿京，如果你抱著這種態度，十年後，大家就無法再聚在一起了。」

因為我們很像，所以我知道。照目前的情況，阿京會隱瞞自己的感情，假裝已經了斷了這件事。即使能夠和山姆繼續當朋友，十年後，他一定不會來和大家一起把時光膠囊挖出來。他應該不會來看自己放在時光膠囊內的後悔。

我突然想到，也許大人只是假裝遺忘了埋藏時光膠囊的地方。

阿京沉默不語，等待他回答的時間真的很可怕。雖然我下定決心之後才說了這些話，但仔細思考之後，就覺得我沒有資格說這些話，後悔漸漸湧上心頭。

我們都帶著後悔、不安和少許的放棄活在世上，簡直就像單戀的感覺。

當我這麼想的時候，阿京收起了剛才聽到我的話之後露出的困惑表情，一臉哀傷地看著我。過了一會兒，我才知道他不是哀傷，而是在害怕。

阿京好像在說什麼不該說的話，在開口之前，微微吐了一口氣。

「多虧了妳，我和她成為好朋友。」

雖然我覺得不是我的功勞，但為了讓他繼續說下去，我點了點頭。

「好幾次我都覺得這樣就足夠了。」

這怎麼行！我想要開口之前，他繼續說了下去。

「但是，我每次又想，」

想什麼？

「覺得這樣足夠了，其實是在騙自己。不是變成好朋友就滿足，而是要更加、更加……」

我猜想他想要說「更加喜歡」，但他並沒有說出口。我認為這樣就好，因為那不是該對我說的話。

我瞭解阿京臉上的表情所代表的意思。我知道他對很多事感到害怕，但對其中一件事特別害怕。他害怕自己的感情，雖然已經努力告訴自己，這樣就足夠了，但這份感情完全不聽話，不知道會走向何方。

雖然這份感情只有一個目標，但他覺得目標太遙遠，太深入。

「到底該怎麼辦？」

阿京問，好像他在內心深處尋找了半天，只找到這句話。

我當然沒有能力向他提供什麼建議。

「雖然我不知道，但我可以說說我的想法嗎？」

我向阿京確認，阿京溫柔地點了點頭。

「我相信她會和你一起高興，也會和你一起煩惱。」

說出口之後，我發現這句話就像是了無新意的少女漫畫中的台詞。阿京當然也知道，正因為知道，所以才會害怕。

我們一起煩惱著，慢慢走向相同的方向。

今天是走路，所以他不需要送我回家。不一會兒，我們來到路口，停下了腳步。

我覺得該說些什麼，所以脫口對他說：

「我不希望山姆被別人搶走。」

這是我的肺腑之言，但只會造成阿京的壓力。我忍不住後悔，為什麼會說這種話，但也同時為說出了真心話感到高興。

阿京也許感受到了我不符合眼前情境的開朗心情，他淡淡地笑了笑問：

「我就可以嗎？」我立刻點了點頭。

阿京露出了這一天最困惑的表情，我向他揮了揮手，然後各自走回自己的家。

夜晚，到了平時上床的時間還不想睡，我又完成了一封信。

山姆：

妳有改變人心的能力。也許妳沒有發現，妳去年不請自來，跑來我家時，其實我一開始很不高興。當時我覺得，我們並不是好朋友，為什麼突然一直跑來我家，這個人到底是怎麼回事？我以為妳這個人臉皮很厚，無法瞭解他人的心情，但是，在妳看著我的眼睛，說想要和我當好朋友之後，我漸漸想要相信妳。我現在也很慶幸當時相信了妳。在和妳成為朋友之後發現，這個活力充沛，向來不會酸言酸語，想要當英雄的女生太可愛了。而且還很漂亮，運動能力也很強。太得天獨厚了。但是，因為我是妳的朋友，所以知道妳當然不是只有優點，也有一些缺點，但包括妳的缺點在內，如果我是男生，一定會喜歡妳。我要再寫一次。妳太得天獨厚了。妳是英雄，大家都想要相信妳。比方說，我相信對自己沒有自信的男生，不會輕易喜歡像妳這樣受歡迎的女生。但是，大家相信妳不會踐踏別人真摯的感情，所以才能夠放心地喜歡妳。包括這方面在內，我們都很喜歡妳。最後，我要坦率寫下目前的心情。妳太遲鈍了，笨蛋！

上學要遲到了！當我醒來一看鬧鐘，立刻跳了起來，在穿制服時才想到，今天因為老師有事，不用去學校上補習課，所以我把鬧鐘調晚了一個小時，我竟然忘了這件事。

我脫下穿了一半的制服，吃著媽媽為我準備的早餐，發現今天不上補習課似乎不太妙。平時每逢假日，大家都會很自然地去圖書館讀書。雖然阿塚有時候會因為參加社團活動而缺席，但只要去圖書館，基本上都可以見到大家。那是因為大家剛好都憑自己的意志去圖書館，我們從來沒有說：「明天圖書館見」這種話，所以即使有人沒來，照理說也很正常，只是去圖書館見面已經變成我們的習慣，只要有人沒出席，就不可能不在意。我們因為「一直都這麼做」這樣的路標，輕易決定當天的行動。因為那個路標可以讓我們很輕鬆，也可以讓我們心情平靜。

所以，如果今天有人不去圖書館，必定有什麼導致無法遵守習慣的事情，或是心情的問題，無論是哪一種情況，都無法太平。

希望四個人都去圖書館，最好五個人都去。我帶著這樣的期待走出家門，平時都騎腳踏車，但這天我決定走路。

天氣很好，正確地說，今天特別熱。我很快就後悔，應該騎腳踏車才對，同時忙著補充水分，走向圖書館，沿途很希望可以遇到阿京，但並不是因為希望他載我，而是覺得兩個人在一起可以壯膽，而且也希望趕快消除他今天可能不會來圖書館的不安，但今天偏偏沒有遇到任何人。

既然沒有遇到任何人，反正我有很多事要想，不如趁一個人的時候好好思考。比方說，要報考幾所私立大學。

雖然有大大小小各種煩惱，但我決定好好煩惱的，並不是目前面對的事，而是從小到大，一直在心裡的疑問。

並不是有什麼特別的原因，也許是因為最近特別敏銳地觀察到這個現象的關係。

每隔幾個月，就會對這件事感到不解。雖然平時並不會特別在意，但可能因為昨天的事變得特別敏感了，每次和情侶擦身而過，就忍不住產生疑問。

我為什麼能夠看到別人的愛？雖然從來不覺得礙事，但也不覺得有什麼用處。

之前當我發現其他人看不到那些箭頭時，感到極度震驚，甚至覺得整個世界都變成了不同的色彩。

一直以來，我都假裝看不到那些箭頭，以免別人覺得我很奇怪。

但是，我可以清楚看到。

而且也清楚地看到了她從幾個月前開始的變化。

『他完全不是我喜歡的類型沒這回事啦根本不是妳想的那樣！』

兩個月前，她漲紅了臉這麼說。

『不是，那個、嗯、沒，不是這樣。只是、不、嗯、不是啦。』

三個月前，她吞吞吐吐地這麼說。

『被別人告白時，照理說不是會心跳加速嗎？但我那時沒什麼感覺，反而是他送我鈴鐺時更緊張。』

四月時，她一臉自己也已經知道答案的表情對我這麼說，雖然她好像完全不覺得對我說了心裡的秘密。

她真的太可愛了，只要看她的表情，就可以看出她的心意，更何況我有特殊能力，當然完全掌握了她的變化。

雖然完全掌握了她的變化，但即使我有這種能力，唯一能做的，也只是聲援她而已。神明選錯了對象，如果不是把這種能力給我，而是給更可愛開朗的人，應該可以更聰明地運用這種能力。

所以，我偶爾會想，不知道以後能不能運用這種能力幫助別人。神明給了我這種能力，到底要我做什麼？

我無法想像自己未來的樣子，無法決定未來的出路，無法瞭解自己的能力到底是怎麼回事，還有缺乏自信。原來我大大小小所有的煩惱，歸根究底，都只是一件事。

所有這些煩惱，都來自自己到底是誰這個巨大的煩惱。

思考了十七年，都沒有找到答案的煩惱被更大的煩惱吸收了，要寫信給一個根本不知道是誰的人，當然寫不出來。

這個問題也不可能在十五分鐘的路程內想出頭緒，不一會兒，圖書館就出現在前方。

對了，我從來沒有想過要把這種能力用在工作上，哪些行業可以有效利用這種能力？嗯，姻緣。婚介所？不不不，我不要，我不要。我心臟不夠強，沒辦法做這種可能會左右別人人生的工作。

站在圖書館門口，自動門打開，涼風吹過全身。好舒服。一樓是一個很大的櫃檯，還排放了很多書，每次都覺得坐在這裡應該很開心，但我是考生，必須去二樓的自習室。

因為還是上午，佔整個樓層三分之一空間的自習室並沒有太多人，還可以找到座位。要坐哪裡呢？我四處張望，立刻就發現了他。

昨天臨別時說的那些話，讓我不好意思像平時一樣向他打招呼。我撕下一張便條紙，寫了『早安』，然後悄悄從背後靠近他，在他坐的那張四人座的桌子旁坐了下來。

這樣現身的方式太裝模作樣，反而更加不好意思。阿京看著我笑了笑，在我丟給他的便條紙上也寫了『早安』。

我們總算避開重提昨天的事，各自安靜地用功讀書。

大約過了二十分鐘，我覺得自己有了一定的心理準備，即使接下來發生某些狀況，應該也可以應付，但我不自量力的自信立刻被摧毀了。

登登、登登。也許我們的背後響起了音效。

怪獸來襲。

我昨天還在信上寫她是英雄，所以有點抱歉，但我嚇了一大跳，好像真的有怪獸來襲。

自習室內很安靜，當她出現在我面前時，我差一點叫出來。

山姆在阿京旁坐了下來，剛好坐在我正對面。她面帶笑容，只是笑容有點過度，和她平時心情很好時不一樣。她看到我們筆談的那張紙，也寫了『早安』給我們看。

我並不是因為看到她的笑容感到驚訝。我一定要說明，山姆這個女生的笑容也很美。

我驚訝的是只有我才能看到的東西。

我從小到大，從來沒有看過這麼尖，攻擊性這麼強的箭頭。

到底是什麼原因造成的？我瞄了一眼因為她的出現而緊張不已的阿京和他的箭頭，對山姆露出了笑容。

山姆看到我的笑容，也露出了微笑。好可怕。

即將發生什麼事的預感越來越強烈，真希望在發生狀況之前，空空和阿塚就會出現。

也許我不應該這麼沒出息，我太脆弱了，無法阻擋失控火車頭山姆的突擊。

山姆來到自習室，卻沒有拿出功課。

她怎麼了？自習室太安靜，她似乎聽到了我內心的疑問。她終於拿出了筆盒，似乎回答我的疑問，但接著拿出的並不是功課，而是一張粉紅色的信紙。

我的頭上可能浮現了漫畫中那種問號。

她想幹什麼？當我在納悶時，山姆戳了戳在一旁讀書的阿京肩膀。當阿京看著她時，她指了指信紙。

然後，她在信紙上寫了『阿京：』。

我發出無聲的尖叫。如果用翹翹板代表我的感情，翹翹板一定左右激烈搖晃。

山姆仍然面帶微笑。如果是空空，應該可以做得更出色，但山姆無法做到。

我慢慢瞭解山姆為什麼會露出這麼奇怪的笑容。

她是不是想要用笑容掩飾某種感情？

也許她對阿京的心意摻雜了哀傷和憤怒這些負面的感情，她的箭頭才會變成前所未有的強烈。

阿京仍然愣在那裡。我無法想像該帶著怎樣的心情面對別人當面寫信給自己。

我完全無法想像山姆會做出這麼直接、好像在故意找麻煩的行為。

怎麼辦？我努力思考著。她在這裡，用這種方式傳達心意沒問題嗎？但如果現在不顧一切地制止她，她的心意是否會向更不好的方向發展？

怎麼辦？怎麼辦？我絞盡腦汁思考時，突然想到一個疑問。

咦？山姆是這種人嗎？她是這麼自私的人，當別人無法接受她的意見，她就會做出這種讓別人為難的事嗎？

還是說，知人知面不知心？

我因為焦急，開始胡思亂想。山姆重重地嘆了一口氣，把筆尖放在本文欄內。

同時，聽到「嘎噹」一聲，阿京站了起來。周圍人聽到聲音，全都看了過來，但立刻認為是圖書館的背景音。

只有山姆無法接受。

她偏著頭，在桌上的便條紙上寫了『怎麼了？』幾個字，遞給阿京。真的太可怕了！

我不知道該看哪裡，只能注視著便條紙。阿京想要拿自己的筆，結果沒拿好，喀答一聲掉了。他又拿了起來，在便條紙上寫了『去廁所』幾個字。山姆立刻寫了『等你回來』幾個字。好可怕好可怕好可怕。

山姆不顧獵物臉上的表情抽搐，肩膀也在發抖，繼續露出過度的笑容。我目送著暫時逃離的阿京的背影，面對山姆鼓起勇氣，把身體探了過去。

「妳、妳妳、妳在幹嘛？」

我小聲問她，說話時幾乎快咬到了舌頭，原本看著阿京背影的山姆轉頭看著我，面帶微笑，拿起了筆。

『沒什麼事啦！』

我看了之後，立刻拚命搖頭。不不不，怎麼可能是小事？

山姆看了我的表情和搖頭的動作，兩片薄唇發出噗哧的笑聲，繼續寫了起來。

『我只是來把秘密說清楚！』

秘密？

山姆繼續寫了起來，似乎在回答我的疑問。

『我已經知道了。』

我的心臟劇烈跳動，很擔心整個圖書館的人都會聽到我的心跳聲。

她知道什麼？

心跳速度越來越快，腦袋裡的思考好像濁流，我張著嘴，卻說不出話，看到阿京出現在視野角落。

現在還不知道他回來是不是正確的決定。

他看到了我們對話的痕跡，顯得極度慌張。雖然我很後悔沒有藏起來，但已經來不及了。

阿京重新在山姆旁坐了下來，山姆迫不及待地拿起筆準備在信紙上寫字。我慌忙在便條紙上寫了『等一下』三個字。我為什麼不直接說「等一下」就好？我心慌意亂，雖然還搞不清楚狀況，但必須先確認一件事。

『我在這裡沒關係嗎？』

寫完之後，我看了山姆和阿京的眼睛。山姆用手摸著下巴，似乎在思考，阿京輕輕點了兩次頭。

不一會兒，山姆寫了『沒關係』這三個字。我看了之後，用力閉上眼睛，做好了根本不可能有的心理準備。

我已經知道了。我已經知道了。我已經知道了。

無論怎麼想，都覺得只有阿京的感情這件事。是我或者阿京隱瞞山姆唯一的事，就是我具有特殊的能力，但這件事只要我不說，就不可能有人知道。

假設如我預料的那樣，山姆也知道阿京的心意，覺得乾脆確認彼此的心意，至少不會發生悲慘的結局。難道山姆是因為著急，所以看起來像在生氣嗎？

無論如何，只有山姆手上的筆知道結果。我無法阻止，只能靜觀事態的發展。即使要奮力阻止她，那也是阿京該做的事。我當然知道阿京不可能這麼做。

山姆的筆尖碰到了信紙，墨水在紙上無法形成點，變成了線，進而成為一個字。

『你對我』

信紙上只寫了這三個字。

我大吃一驚。山姆也驚訝不已。

阿京也露出驚訝的表情。雖然有點奇怪，但我稍微瞭解他的表情所代表的意思。他可能完全沒想到自己會這麼做。

山姆握著筆，阿京的手握住了山姆的手。他慌忙把手縮了回去，但並不能消除已經做過的事。他的手握拳又鬆開，小聲地道歉說：「對不起。」

山姆陷入了茫然，但三個人中，她最先恢復了鎮定。這種時候，有沒有經驗就不一樣了。她在便條紙上寫了『怎麼了？』這幾個字。

阿京的筆就在自己面前，但山姆特地把自己的筆遞到阿京面前。

他看著筆，然後接了過來，似乎已經下了決心，在紙上寫了應該經過深思熟慮的三個字。

『別鬧了。』

我想像著阿京在這三個字背後的心情，各種感情在內心翻騰。不知道為什麼，我快要哭了，但當然忍住了。

山姆毫不掩飾臉上生氣的表情，搶過筆，寫了『為什麼？』幾個字，再度把筆遞給他。

阿京完全不看山姆的臉，他的表情看起來好像拚命克制想要大喊的衝動，我希望一切都趕快停止。

『對不起。』

阿京用筆寫下的話從道歉開始。

『我想妳可能已經發現了，所以，我很謝謝妳特地來這裡把話說清楚。我相信妳是來這裡做一個了斷，但我不想造成困擾，所以沒關係。我不打算和妳報考同一所學校，妳可以放心。我不配，對不起。』

看了阿京用道歉結束的告白，我發自內心地感到驚訝。沒想到阿京竟然知道山姆已經察覺了，而且更驚訝既然山姆已經知道了，他沒有更進一步，而是選擇退縮。

但我充分瞭解他最後一句話的意思。在「我不配」和「對不起」之間要說的是「喜歡妳」。只有這一點，我知道得很清楚。

山姆到底會怎麼反應？她看著阿京寫的內容，我看著她。如果可以，我希望不要傷害他。雖然我不知道山姆今天是基於什麼意圖，打算在他面前寫信，但只要不搞砸，只要事態不會向奇怪的方向發展，他們兩個人一定……

「對不起是什麼意思？」

山姆大聲問道，似乎完全忘了這裡是圖書館。雖然她這句話並沒有攻擊性，但她的聲音讓我忍不住發抖。

我以為怪獸開始噴火。

「我問你啊，對不起是什麼意思？」

她怒不可遏。我之前曾經好幾次看過她生氣，也看過她發脾氣，但這是第一次看到她發怒。

「別自以為了不起。」

這個聲音和站起來時椅子發出的粗暴聲音太格格不入，無法再成為圖書館的風景，周圍的人全都看著山姆。但是，她當然完全不在意，把桌上的東西收進自己的包包裡，然後把信紙揉成一團，丟在桌子上。

山姆沒有再說一句話，最後看了我一眼，用力踩著步伐快速離開了。

我和阿京茫然地看著她離去的背影，然後互看了十幾秒鐘。

在這十幾秒的時間內，我們都想了很多事。山姆為什麼會生氣？離開前說的話又是什麼意思？阿京的哪一句話惹火了她？現在該怎麼辦？

雖然完全沒有答案，但回過神時，我已經開了口。

「快去！」

阿京露出驚訝的表情，我也忘了這裡是圖書館，也忘了自己是誰，更忘了自己不配，以及在多管閒事。

「你快去追山姆。現在不去，絕對不行。」

雖然我絕對不希望周圍人都看著我，但為了讓阿京知道，我還是大聲說道。

阿京又愣了幾秒鐘，我默默看著他站了起來，然後追了出去。

眾目睽睽之下，我用肩膀喘著氣，突然想到一件事。

也許就是這裡。我不知道未來的人生會發生什麼事，但是，我具備了別人沒有的能力來到這個世界，也許就是為了今天，為了這一刻。

我之所以斬釘截鐵地對阿京這麼說，是因為我看到了。

因為我看到山姆的箭頭仍然指向阿京。

我開始祈禱，但沒有像上次一樣，背對著阿京離去的方向，這次對著他的背影，連同我的心意，真心誠意地祈禱。

我站了起來，向周圍的人連續鞠了好幾個躬，然後轉身離開。我也向二樓的圖書館管理員道了歉，來到一樓，已經不見他們的身影。

我看到一個熟悉的身影走進自動門。

我快步走了過去，阿塚立刻發現了我，露出爽朗的笑容對我說：「辛苦了。」雖然我不知道他是不是得知了另外兩個人的事，但他一如往常的樣子讓我感到安心，忍不住重重地嘆了一口氣。

阿京：

關於今天中午的事。我不能把我的想法告訴任何人，所以就寫在這裡。你在十年後看了這封信，再好好回想一下你們把我害得多慘。到時候我一定會好好整你們。

你最喜歡的山姆，會錯意又失控的怪獸山姆，她是笨蛋。沒騙你。我很希望當面對她說，但今天根本沒這個機會。

我要趁這個機會說清楚，你也是笨蛋，所以這次的事只是兩個笨蛋撞在一起造成的。長大以後，你們要為這件事負責，要請我們三個人吃烤肉。

首先，我要寫你有多笨。你太小看很多事了。你的秘密害我不得不在圖書館向大家道歉。你誤以為「三木發現了我對她的心意」。你太小看山姆有多遲鈍了，她的直覺才沒有這麼敏銳，會發現這種事。當她內心的成見越深，她就變得越遲鈍。十年後的你必須充分瞭解這一點，才能避免再次發生這種事。

除了山姆遲鈍這件事以外，你還小看了其他事。這件事也很重要，所以你要認真看。你太小看自己了。不，我知道，你在和別人相處時，經常覺得「我不配」、「我這種人」。因為我也和你一樣，所以我知道，而且我覺得，你似乎覺得自己根本無足輕重，無論在不在這裡都無所謂。這點和我不一樣，我只會擔心，如果別人討厭我怎麼辦，但你覺得，我根本不重要。這一點完全不一樣。

我對自己也完全沒有自信，但是，在和山姆、空空和阿塚還有你成為朋友之後，我慢慢地，真的是慢慢地覺得自己可以和你們在一起。我希望十年後，自己可以更有自信，所以希望你也在十年後，成為一個有自信的人，這也是為了避免再次發生像今天這樣的事。

今天的事之後，我發現一件事。我們每一個人的性格、愛好和想法都完全不一樣，同樣的，也許我們每個人都分別發揮了不同的作用。

我漸漸開始覺得，我們每個人有各自的分工，然後大家一起相互扶持。雖然還不太瞭解自己能夠為周圍的人做些什麼，但我相信大家願意和我在一起，也許是我對大家有一點點幫助，而且我知道日後必須回報大家對我的幫助。我覺得自己能夠為大家做什麼這個問題的答案，就是自己到底是誰這個問題的答案。總之，今天我代替你們向圖書館內的所有人道了歉。

你當然也對我大有幫助。你是我最能夠輕鬆聊天的對象，這種事對別人也許無足輕重，但在中學畢業之前，我從來沒有可以輕鬆聊天的對象，所以對我來說很重要。可以輕鬆聊天，其實就是願意傾聽，雖然可能微不足道，卻是很大的優點。阿塚和空空不是經常鬧你嗎？我相信是因為大家都知道你有這個優點。包括你也不知道自己這個優點在內，所以我要說你是笨蛋。

這樣的你喜歡上遠遠超過你的笨蛋，我們當然必須聲援你們。

在圖書館發生的那一連串事情，真的讓我感到很害怕，我擔心你們的關係會影響到我們所有人的關係。但是，十年後的你還記得在誤會澄清之後，山姆說了什麼嗎？

當你拒絕在十年後互看彼此寫的信這個提議時，她是這麼想的：「原來阿京不想讓艾蒙看他寫的信」。因為「阿京在拒絕的時候看了艾蒙一眼，而且阿京和艾蒙在一起時總是很放鬆，也很開心。我想他應該喜歡艾蒙，也許艾蒙也喜歡他，所以我覺得自己不能破壞他們」。山姆在產生了這樣的誤會之後，「我覺得自己的單戀結束了，而且也會影響讀書，所以我想做一個了斷。」「結果阿京根本不聽我說話，一副同情的態度拒絕了我，所以我才會火冒三丈。」全都錯得離譜！我還以為她遭到拒絕後亂了方寸，是因為害羞，完全沒想到她竟然想要撮合你和我。

但是，阿京，你也有錯。我手上還有白天寫的便條紙。上面有你誤會「山姆已經知道我對她的心意」而寫給她的內容，我覺得這些內容看起來也很像是一個男生用很跩的態度對喜歡自己的女生說的話。你這個笨蛋！我會把這張便條紙也一起放進信封，你就等著發抖吧。

不知不覺寫了這麼多，我帶著今天中午的激動心情寫下這封信，請你在十年後收下。

說了這麼多，其實我想對你說的只有一句話。因為當面說很害羞，所以就寫在這裡。

那我要說囉。

祝你們永遠幸福！

「終於搞定這件事了。」

我和昨天不在場的空空一起走在回家的路上，我們買了一個最中餅冰淇淋分著吃。昨天因為她的親戚突然去世，她和家人一起去弔喪，所以沒來圖書館。山姆在午休時，已經把事情的經過告訴了她。

「真希望我當時也在場。」

「一點都不好玩啊。」

「這下子他們兩個如果沒有考上大學，就要笑他們。」

空空上次說這句話時，我只是露出苦笑，這次我用力點頭說：「好，要好好笑他們。」

「宮里，妳好壞喔。」

「因為和笨蛋打交道實在太累了。」

空空哈哈大笑起來，然後用既沒有目的，也不是開玩笑的口吻小聲說：「不過，真是太好了。」雖然她的聲音中透露出一絲寂寞，但我假裝沒有發現。

「不過，現在只是起點，接下來就要看他們自己了。」

「是啊。」

沒錯，這裡是起點。不光是他們兩個人，我們在一年之內，都會踏上不同的路，不知道未來有什麼在等待我們。雖然感到不安，但我們內心都充滿了期待。

「啊！」

「嗯？宮里，妳怎麼了？」

「我突然知道給自己的信要寫什麼了。」

這就是所謂的靈感嗎？我決定回家之後，要立刻提筆寫信。解決了一個煩惱後，最中餅冰淇淋變得更好吃了。

「妳知道山姆為什麼唯獨沒有為阿京取綽號嗎？」

「我不知道。為什麼？」

「呵呵呵，我上次聽她說了原因，嚇了一大跳。」

空空故弄玄虛的態度讓我期待不已，沒想到她吐著舌頭說：

「她說想不到要取什麼綽號，太驚訝了。我覺得絕對有什麼特別的理由。」

「什、什麼嘛。」

我原本以為山姆一開始就預感到會喜歡阿京，如果取了綽號，就會變成朋友，她本能地討厭這樣。我為自己有這種想法感到羞恥。

每次揭開秘密，就發現根本不值得大驚小怪，但我們都擅自把秘密想得很複雜。

原本覺得如果大家都有像我一樣的能力，應該就不會產生這樣的誤會，但我只能想像我們反而想得更多，結果更加手忙腳亂的樣子。

幾分鐘後，我們又來到路口。

未來的我：

請妳向我保證一件事。

無論妳在做什麼，無論妳和誰在一起，無論妳現在變成了什麼樣子。

我相信一定可以帶著笑容和妳相見。

所以，請妳多保重，迎接我們見面的那一天。

P.S.

希望那時候可以看到指向我自己的箭頭！

「你想知道我所有的一切嗎？」

「什麼意思？」

「就是我說的意思啊，從我出生到死為止，從我內心中央到每個角落。」

「我不知道欸，可能沒什麼必要。」

「為什麼是可能？」

「如果妳覺得可以告訴我的事，或是妳想說的事，我當然很樂意聽。」

「沒必要知道所有一切嗎？」

「知道太多，反而可能會猶豫不決。所以我相信妳。」

「好害羞喔，你別說了。」

「而且，我覺得從認識到現在，還有以後才是我該知道的。」

「你聽我說話啦！」

「好。」

「你說的有道理，在認識一個人之前，那個人就有自己的人生，也許以後會分開，在分開之後，對方仍然有自己的人生，我所能看到的只是一部分而已。」

「既然這樣，不如覺得自己看到了最美好的一段。」

「也對，這就是所謂的命運嗎？」

「也許吧，搞不好有時候也可以窺探到照理說看不到的部分，可能是當事人自己說出來，也可能出現在別人的回憶中。」

「聽起來好讚喔。」

「所以，除了妳主動告訴我的事以外，其他的事就留著日後開獎。」

「那我也要這麼做。」

「因為妳相信我嗎？」

「嗯。」

「哇，好害羞，妳別說了。啊，啊啊，到妳家了，明天見。」

「啊啊，嗯，明天見。」

「拜拜。」

「我跟你說，」

「嗯？」

「話是這麼說，但我覺得……」

「是。」

「有些事可以知道，」

「有些事可以知道？」

「我問你啊，」

「嗯？」

「呃，你要不要來我家？」

（完）

69

小秘密　か「」く「」し「」ご「」と「

小秘密 / 住野夜著 ; 王蘊潔譯. -- 初版. -- 臺北市 :
春天出版國際, 2018.09
面 ;　公分. -- (春日文庫 ; 69)
譯自 : か「」く「」し「」ご「」と「
ISBN 978-957-9609-09-8(平裝)

861.57　　106023184

ISBN 978-957-9609-09-8
Printed in Taiwan

作　　者　住野夜
譯　　者　王蘊潔
總 編 輯　莊宜勳
主　　編　鍾靈

出 版 者　春天出版國際文化有限公司
地　　址　台北市大安區忠孝東路四段303號4樓之1
電　　話　02-7733-4070
傳　　眞　02-7733-4069
E－mail　story@bookspring.com.tw
網　　址　http://www.bookspring.com.tw
部 落 格　http://blog.pixnet.net/bookspring
郵政帳號　19705538
戶　　名　春天出版國際文化有限公司
法律顧問　蕭顯忠律師事務所
出版日期　二〇一八年九月初版
　　　　　二〇二三年二月初版十七刷

定　　價　350元

總 經 銷　楨德圖書事業有限公司
地　　址　新北市新店區中興路二段196號8樓
電　　話　02-8919-3186
傳　　眞　02-8914-5524
香港總代理　一代匯集
地　　址　九龍旺角塘尾道64號 龍駒企業大廈10 B&D室
電　　話　852-2783-8102
傳　　眞　852-2396-0050